U0140481

小山词

〔宋〕晏几道 著

民主与建设出版社
·北京·

© 民主与建设出版社，2023

图书在版编目（CIP）数据

小山词 /（宋）晏几道著 . -- 北京：民主与建设出
版社，2023.8

ISBN 978-7-5139-4202-7

Ⅰ . ①小… Ⅱ . ①晏… Ⅲ . ①宋词 – 选集 Ⅳ .

① I222.844

中国国家版本馆 CIP 数据核字（2023）第 088643 号

小山词

XIAOSHAN CI

著　　者	〔宋〕晏几道
责任编辑	彭　现
装帧设计	焱　玖
出版发行	民主与建设出版社有限责任公司
电　　话	（010）59417747　59419778
社　　址	北京市海淀区西三环中路 10 号望海楼 E 座 7 层
邮　　编	100142
印　　刷	天宇万达印刷有限公司
版　　次	2023 年 8 月第 1 版
印　　次	2023 年 11 月第 1 次印刷
开　　本	787mm × 1092mm　1/32
印　　张	11
字　　数	220 千字
书　　号	ISBN 978-7-5139-4202-7
定　　价	68.00 元

注：如有印、装质量问题，请与出版社联系。

序 言

词至宋代发展到了一个高峰，成为宋代文学形式的主要代表。在词形成发展过程中，出现了对后世影响较大的两个流派：豪放词派与婉约词派。说到豪放词，自然会想到苏东坡，他的豪放气概令人读后有荡气回肠之感。婉约派词则音律婉转，语言清丽，多写儿女风情。正如宋代俞文豹《吹剑续录》记载的趣事："东坡在玉堂，有幕士善讴。因问：我词比柳词何如？对曰：柳郎中词，只好十七八女孩儿执红牙板唱'杨柳岸晓风残月'；学士词，须关西大汉执铁板唱'大江东去'。"从这个记载可以看出，豪放词与婉约词的区别。

晏殊、晏几道父子是早期婉约词具有代表性的作家。晏殊（991—1055），字同叔，抚州临川人。北宋著名文学家、政治家。晏殊14岁以神童入试，赐进士出身，官至集贤殿大学士、礼部刑部尚书等职，封临淄公。晏殊作诗填词、文章书法，无所不精，尤以词成就最大，被称为"宰相词人"。

除了政治、文学方面的成就外，晏殊最为人称道的是他有一个同样在填词方面取得巨大成就，且对后世影响巨大的儿子——晏几道。

晏几道（1038—1110），字叔原，号小山。他出生时，父亲晏殊官居相位。老来得子的晏殊对家中最小的儿子格外宠爱。晏几道自幼聪颖过人，7岁就能写文章，14岁就参加科举考试，考中了进士。晏几道的六位兄长先后步入仕途，而他纵横诗酒，过着逍遥自在的生活。后来，由思荫走上仕路。

至和二年（1055），晏殊去世，晏几道的家境一落千丈。生活的巨变，加上他天生孤傲耿介的性格，使其处境尤为艰难。由于他特殊的生活和感情经历，《小山词》里的作品多怀往事，抒写哀愁，笔调饱含感伤，伤情深沉真挚。《临江仙》《阮郎归》《鹧鸪天》等词作都是历来传诵的名篇。这些词作通过生动感人的画面，抒写离别之愁、相思之苦和重逢时的喜悦，读之情真意切，令人九曲回肠。如"落花人独立，微雨燕双飞""舞低杨柳楼心月，歌尽桃花扇底风"，其新词丽句，词情婉丽，深为读者所叹赏。

纯情锐感的品性和痴情不移的特征、抒情的"向内转"与个人化、语言深婉细腻与情感曲折跌宕、以梦写情的重要表现形式，成为《小山词》最突出的特点。晏几道纯情锐感的资质和深挚、婉曲、沉郁的抒情风格合力造就了《小山词》动人心魄的艺术魅力。

《小山词》存词260首，其中长调3首，其余均为小令。作为婉约派代表人物，晏几道的小令词糅合了晏殊词的典雅富贵与柳永词的旖旎流俗，既雅又俗的歌词和乐的典型音乐形象，使词这种艺术形式登上大雅之堂，并起到了扭转雅歌尽废的历史性作用，使其作品传承至今。

关于《小山词》的创作风格，晏几道的好友黄庭坚说他的词"清壮顿挫，能动摇人心"，南宋藏书家陈振孙认为："叔原词在诸名胜中，独可追逼花间，高处或过之。"他认为晏几道的水平几乎超过了当年温庭筠这批花间派词人。而关于晏殊、晏几道父子的评价，周济在其《介存斋论词杂著》认为："晏氏父子仍步温、韦，晏几道精力尤胜。"就其影响而言，夏敬观《映庵词评》认为："晏氏父子，嗣响南唐二主，才力相敌，盖不特词胜，尤有过人之情。叔原以贵人暮子，落拓一生，华屋山邱，身亲经历，哀丝豪竹，寓其微痛纤悲，宜其造诣又过于父。"

以上名家点评，虽然出发点各有不同，但都认为晏几道是青出于蓝而胜于蓝。

《小山词》集中而典型地反映了晏几道的主体取向、审美情趣、体貌风格和艺术成就，读者在阅读这部词集时，需要认真地体味才能理解其中三昧，才能明白晏几道特殊的生活经历。本版《小山词》除了对原词添加注释、翻译、赏评之外，还包含陈廷焯、张草纫、钱锺书等古今大家的点评，以使读者更为全面、透彻地理解《小山词》。此外，书中还配有百余幅唐宋元明清等时期的名画，让读者在感受文字之美的同时，领略中国水墨丹青的魅力。即使过了千年，这些文字、绘画构成的情致、气韵、意境，依然让我们为之心动。

鉴于晏几道作品的复杂性，而编撰者的能力和水平有限，对《小山词》的注释和理解难免存在一些不妥之处，在此衷心地希望广大读者和专家批评指正、共同探讨。

李寅生

2022年10月6日

代 序

黄庭坚

　　晏叔原①，临淄公②之暮子③也。磊隗权奇，疏于顾忌，文章翰墨，自立规摹，常欲轩轾④人，而不受世之轻重。诸公虽称爱之，而又以小谨望之，遂陆沉于下位。平生潜心六艺，玩思百家，持论甚高，未尝以沽世。余尝怪而问焉，曰："我槃跚⑤勃窣⑥，犹获罪于诸公，愤而吐之，是唾人面也。"乃独嬉弄于乐府之余，而寓以诗人之句法，清壮顿

---

① 晏叔原：晏几道（1038—1110），字叔原，号小山，北宋词人，抚州临川（今江西进贤）人。晏殊第七子。
② 临淄公：晏殊（991—1055），字同叔，北宋政治家、文学家，以词著于文坛，尤擅小令，抚州临川（今江西进贤）人。
③ 暮子：老年所生之子。
④ 轩轾（zhì）：车前高后低叫"轩"，前低后高叫"轾"，比喻高低优劣。
⑤ 槃（pán）跚：行走时摇晃不稳的样子。
⑥ 勃窣（sū）：匍匐而行，跛行。

1

挫，能动摇人心。士大夫传之，以为有临淄之风耳，罕能味其言也。余尝论：叔原，固人英也，其痴亦自绝人。爱叔原者，皆愠而问其目，曰："仕宦连蹇^①，而不能一傍贵人之门，是一痴也。论文自有体，不肯一作新进士语，此又一痴也。费资千百万，家人寒饥，而面有孺子之色，此又一痴也。人百负之而不恨，己信人，终不疑其欺己，此又一痴也。"乃共以为然。虽若此，至其乐府，可谓狎邪之大雅，豪士之鼓吹，其合者《高唐》《洛神》之流，其下者岂减《桃叶》《团扇》哉？余少时间作乐府，以使酒玩世。道人法秀独罪余以笔墨劝淫，于我法中当下犁舌之狱，特未见叔原之作也。虽然，彼富贵得意，室有倩盼慧女，而主人好文，必当市致千金，家求善本，曰：独不得与叔原同时耶！若乃妙年美士，近知酒色之虞^②；苦节臞儒^③，晚悟裙裾之乐，鼓之舞之，使宴安酖毒^④而不悔，是则叔原之罪也哉！山谷道人序。

---

① 连蹇（jiǎn）：行走艰难的样子。引申为困顿坎坷。
② 虞：通"娱"。
③ 臞（qú）儒：清瘦的儒者。含有隐居不仕之意。
④ 酖（zhèn）毒：毒酒。《左传·闵公元年》："宴安酖毒，不可怀也。"酖，通"鸩"。宴游享乐的危害，就像饮毒酒一样。

自 序

晏几道

　　《补亡》一编，补乐府之亡也。叔原往者，浮沉酒中，病世之歌词不足以析酲①解愠，试续南部诸贤绪馀，作五、七字语，期以自娱。不独叙其所怀，兼写一时杯酒间闻见，所同游者意中事。尝思感物之情，古今不易，窃以谓篇中之意。昔人所不遗，第于今无传尔。故今所制，通以"补亡"名之。

　　始时，沈十二廉叔、陈十君龙家，有莲、鸿、蘋、云，品清讴②娱客。每得一解，即以草授诸儿。吾三人持酒听之，为一笑乐而已。而君龙疾废卧家，廉叔下世，昔之狂篇醉句，遂与两家歌儿酒使俱流转于人间。自尔邮传滋多，

---

① 析酲（chéng）：解酒，醒酒。
② 清讴（ōu）：清亮的歌声。

1

积有窜易。七月己巳，为高平公缀缉成编。追惟往昔过从饮酒之人，或垄木已长，或病不偶。考其篇中所记悲欢合离之事，如幻、如电、如昨梦前尘，但能掩卷怃然，感光阴之易迁，叹境缘之无实也。

目录

临江仙

斗草①阶前初见，穿针②楼上曾逢。罗裙香露玉钗风。靓妆眉沁绿，羞脸粉生红。　　流水便随春远，行云终与谁同。酒醒长恨锦屏空。相寻梦里路，飞雨落花中。

赏评

与你初次相见时，你正与女伴在台阶上斗百草；再次相逢时，你在阁楼上穿针乞巧。那时你的罗裙沾满了露水，玉钗在头上随风颤动。你精心梳妆打扮，眉黛沁染含绿，因害羞而脸上红扑扑的。流水潺潺，送着春天远去；行云飘飘，却与谁的命运相似呢？酒醒后，常常怨恨锦屏内空荡荡的。想要去寻找你，梦里踏上了去路，细雨纷飞，落花狼藉，可会相逢？这首词表达了对少女的思念之情。

---

① 斗草：古时女子玩的一种游戏，又叫"斗百草"。刘禹锡《白舍人曹长寄新诗有游宴之盛因以戏酬》："若共吴王斗百草，不如应是欠西施。"
② 穿针：古时少女在农历七月七日时设瓜果以迎织女，且以彩缕穿针以期裁缝技艺长进，谓之"乞巧"。

〔清〕陈枚 《四季花鸟图屏》（局部）

又

　　身外闲愁空满，眼中欢事常稀。明年应赋送君诗。细从今夜数，相会几多时。　　浅酒欲邀谁劝，深情惟有君知。东溪①春近好同归。柳垂江上影，梅谢雪中枝。

赏评

　　我身边总是充满闲愁，所见所闻的欢乐事也很稀少，明年肯定又要为你吟诵送别之诗了。从今夜开始细数，还有多少相聚的时光呢？薄酒有谁来劝饮呢？那一番深情只有你才知道。春天欲到东溪了，你我正好同归。柳丝轻垂，倒映于江面之上；梅花凋零，空留掩在雪下的枝条。这首词描写了女子对心上人的深情。清陈廷焯《白雨斋词话》："'明年应赋送君诗。细从今夜数，相会几多时。'浅处皆深。"

---

① 东溪：这里指风景优美的地方。

又

淡水①三年欢意，危弦②几夜离情。晓霜红叶舞归程。客情今古道，秋梦短长亭。　　绿酒尊前清泪，阳关叠③里离声。少陵诗思旧才名。云鸿④相约处，烟雾九重城。

　　与你淡水相交已几年了，无比欢乐自在。如今这几夜里，急促的弦声正诉说着离情。清晨，在霜打的红叶漫天飞舞之际，你们踏上了归程。这分别之情，古今同慨，连秋意缠绵的梦中，也是长亭短亭的送别场面。端起面前的酒杯，流下了不舍的泪水，那《阳关三叠》曲中饱含着多少离情。大诗人杜甫借诗词寄托情思，颇有才名，我愿效仿他。与云、鸿等诸位好友约再相见的地方，是云雾缭绕的京城。这首词写秋日离别之情。清陈廷焯《白雨斋词话》："'晓霜红叶舞归程。客情今古道，秋梦短长亭。'又'少陵诗思旧才名。云鸿相约处，烟雾九重城。'亦复情词兼胜。"

---

① 淡水："君子之交淡如水"之意。
② 危弦：急弦，琴声高亢。
③ 阳关叠：乐曲名，即《阳关三叠》。
④ 云鸿：云中鸿雁，暗指"云"和"鸿"两位歌伎的名字。

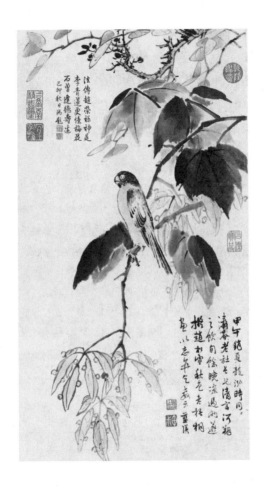

〔明〕 蓝瑛《秋色梧桐图》（局部）

<h1 style="text-align:center">又</h1>

浅浅余寒春半，雪消蕙草①初长。烟迷柳岸旧池塘。风吹梅蕊闹，雨细杏花香。　　月堕枝头欢意，从前虚梦高唐②。觉来何处放思量。如今不是梦，真个到伊行③。

　　春天过了一半，尚有些余寒，冰雪消融了，蕙草刚刚冒出新芽。往日的池塘岸边，雾气迷蒙，笼罩着烟柳。清风徐来，梅花片片飞落；细雨蒙蒙，杏花朵朵含香。月落枝头，从前的欢笑肆意如梦里高唐一般，化为虚无。如今想来，什么地方能让人静心思量呢？如今这不是梦，真的到您这里啦。这是一首伤春之词，上阕写春景，下阕重抒情。夏敬观批语："'放'字生而炼熟。"钱锺书《管锥编》："寻常眼、耳、鼻之觉，亦每通有无而感彼此，所谓'感受之共产'，即如花，其入目之形色，触鼻之气息，均可移音响以揣称之。晏几道《临江仙》：'风吹梅蕊闹，雨细杏花香。'"

---

① 蕙草：一名蕙兰，多年生草本植物，花淡黄色，香味很浓。

② 虚梦高唐：借用宋玉《高唐赋》中楚王梦见巫山神女之典。

③ 伊行（háng）："您"之意。伊，你。行，表示多数，置于称谓之后，表示尊敬之意。

又

长爱①碧阑干影，芙蓉秋水开时。脸红凝露学娇啼。霞觞②熏冷艳，云髻袅纤枝。　　烟雨依前时候，霜丛③如旧芳菲。与谁同醉采香归？去年花下客，今似蝶分飞。

赏评

最喜欢碧栏杆处的景色，秋水澄碧，荷花盛开。那花色犹如女子红妆，莹莹露珠好似女子娇啼时的泪珠。黄昏时，落霞好似与酒杯融成一色，熏染着冷艳的花朵；那花朵在枝头微颤，犹如女子的发髻一般。时值深秋，烟雨一如往日时候，霜打残荷亦同旧时枯败。和谁一起醉酒又采莲归来呢？去年相约花下之人，好似飞走的蝴蝶，已离开了。这首词上阕采用拟人手法形容荷花之美，实际上以花喻人；下阕描述景物依旧，却人事已非。

---

① 长爱：非常喜爱、一直喜爱。长，副词，兼有表示时间和程度的两重意思。
② 霞觞：酒杯。也指杯中酒呈现出如云霞般的嫣红之色。
③ 霜丛：秋季经霜之后的丛生荷花。

又

旖旎仙花解语①，轻盈春柳能眠。玉楼深处绮窗前。梦回芳草夜，歌罢落梅天②。　　沉水③浓熏绣被，流霞④浅酌金船⑤。绿娇红小正堪怜。莫如云易散，须似月频圆。

赏评

柔婉的鲜花好似能解人语，轻盈摇摆的柳枝好似能助人眠。玉楼深处，佳人倚立在窗前。梦中曾回到那个弥漫着芳草气息的春夜，歌唱着《落梅花》，令人难免惆怅。沉香燃着，浓浓的香意熏染着锦被。金质船形酒杯中盛着浅浅的如流霞般的美酒。枝芽黄绿娇嫩，花朵含苞待放，正是令人怜爱的时候。千万不要像彩云那样容易散去，一定要像月儿那样时常变圆。这首词描写了歌女的生活与思绪，上阕写花、柳、美人，彼此映衬，相互比拟；下阕描写歌女日常生活。

---

① 仙花解语：花朵可解人语。
② 落梅天：一般指五月。这里指唱的曲子有《梅花落》或《落梅花》。
③ 沉水：沉香。
④ 流霞：传说中神仙所饮之物。此处比喻美酒的颜色。
⑤ 金船：金质船形酒杯。

又

梦后楼台高锁①，酒醒帘幕低垂。去年春恨却②来时。落花人独立，微雨燕双飞。　　记得小蘋③初见，两重心字罗衣④。琵琶弦上说相思。当时明月在，曾照彩云归。

赏评

　　梦里回到了楼台高阁处，可朱门紧闭着。酒醒了，但见帘幕依旧低垂着。去年的春恨之情又涌上了心头。独自在纷纷扬扬的落花中站立着，燕子在微风细雨中双飞着。还记得与小蘋初见时，她身穿两重绣着"心"字的罗衣。琵琶轻弹，曲中诉说着相思之意。当时的明月如今犹在，曾照着她如彩云般的身影归来了。这首词描写了作者对歌女小蘋的怀念之情。明卓人月《古今词统》："晚唐丽句。"清谭献《复堂词话》："（'落花'句）名句千古，不能有二。"清陈廷焯《词则·云韶集》："'落花'十字，工丽芊绵。结笔依依不尽。"唐圭璋《唐宋词简释》："此首感旧怀人，精美绝伦。"

---

① 锁：关闭。
② 却：再，又。唐郑谷《杏花》："小桃新谢后，双燕却来时。"
③ 小蘋：歌女名。
④ 心字罗衣：指女子衣领如"心"字，或指绣有"心"字的罗衣，或指使用"心"字形的香熏过的罗衣。

〔清〕 郎世宁《仙萼长春图册之桃花图》（局部）

又

东野①亡来无丽句，于君②去后少交亲。追思往事好沾巾。白头王建③在，犹见咏诗人。　　学道深山空自老，留名千载不干身。酒筵歌席莫辞频。争如④南陌上，占取一年春。

赏评

自从孟郊亡故后再也不曾见过好诗句，自从于鹄去世后很少交结好友。每每追忆起往事来，总会泪湿衣襟。假如满鬓白发的王建还健在，还能见到咏诗之人。为了学道，空在深山慢慢变老，千古留名之事和自己毫无关系。宴席上举杯欢歌，莫要频频推辞。还比不上南面的小路，占尽了一年当中最美好的春色。这首词是作者晚年自述情怀之作。张草纫《二晏词笺注》："此词作于叔原二位友人沈廉叔、陈君龙去世以后。"

---

① 东野：唐代诗人孟郊（751—814），字东野，其诗精心锤炼，苦吟乃成。他与贾岛齐名，人称"郊寒岛瘦"。
② 于君：唐代诗人于鹄，生卒年不详。
③ 王建：唐代诗人，字仲初，官至陕州司马，世称"王司马"。他善写乐府诗，与张籍齐名，并称"张王乐府"。
④ 争如：怎如，怎比得。

蝶恋花

卷絮风头①寒欲尽。坠粉飘红，日日香成阵。新酒又添残酒困。今春不减前春恨。　蝶去莺飞无处问。隔水高楼，望断双鱼信②。恼乱层波横一寸③。斜阳只与黄昏近。

赏评

狂风急卷着柳絮乱飞，春寒就要散去了。落花纷纷，一天又一天积结成了冲天香阵。宿酒还未醒，又倒满了酒。今年的伤春之恨比去年春天时更多。蝴蝶翩翩离去，黄莺也飞走了，让我无处问询。隔着水面，高楼林立，我望眼欲穿等着双鱼传来书信。忍不住恼恨起那波光粼粼的碎浪来。不知不觉间，斜阳西沉，离黄昏越来越近了。这是一首伤春恨别之作。明卓人月《古今词统》："'一寸'句似宋丰之'眼波流不断，满眶秋'。"清陈廷焯《词则·闲情集》："宛转幽怨。"

---

① 风头：指风吹动物体形成的势态。
② 双鱼信：指双鱼送来的信件。典出汉乐府诗《饮马长城窟行》："客从远方来，遗我双鲤鱼。呼儿烹鲤鱼，中有尺素书。"
③ 横一寸：指水面上的碎波如鳞片，横着看约有一寸长。

又

初捻霜纨①生怅望。隔叶莺声②，似学秦娥③唱。午睡醒来慵一饷④。双纹翠簟⑤铺寒浪⑥。　　雨罢蘋风⑦吹碧涨。脉脉荷花，泪脸红相向。斜贴绿云⑧新月上。弯环⑨正是愁眉样。

 赏评

纤纤玉手持着雪白的团扇，脸上满是怅惘之色。层层叶子中间，黄鹂好似在学秦娥歌唱，婉转动听。午睡醒来，她懒懒地待了好一会儿。床上的双纹凉席透着阵阵凉意，好像铺着一层清凉的细浪。细雨初霁，徐徐和风吹拂着涨起来的碧水。那水中的荷花脉脉含情，摇曳生姿，凝着雨珠的花瓣仿佛佳人的泪脸。那弯弯的新月仿佛斜贴着女子的乌黑发髻，正呈现出一副愁眉之状。这首词写一位女子午睡初醒时的闲愁。

---

① 霜纨：雪白的团扇。
② 隔叶莺声：典出唐杜甫《蜀相》："映阶碧草自春色，隔叶黄鹂空好音。"
③ 秦娥：泛指年轻美貌的女子。
④ 一饷：不长一段时间，一会儿工夫。饷，通"晌"。
⑤ 翠簟（diàn）：华美的凉席。
⑥ 寒浪：指凉意。
⑦ 蘋风：吹过水面的风。蘋，一种水草，浮生于水面。
⑧ 绿云：形容女子的头发黑如翠黛，浓似乌云。
⑨ 弯环：指眉毛的样子。唐李贺《河南府试十二月乐词·十月》："金风刺衣著体寒，长眉对月斗弯环。"

〔清〕 谢荪《荷花图》（局部）

又

庭院碧苔红叶遍。金菊开时，已近重阳宴。日日露荷凋绿扇①。粉塘烟水澄如练②。　　试倚凉风醒酒面。雁字③来时，恰向层楼见。几点护霜云④影转。谁家芦管⑤吹秋怨。

赏评

庭院深深，绿苔上落满了红叶。金菊盛开之时，重阳节的盛宴就要举行了。霜露每天都打向荷花，如扇的荷叶日渐凋零。荷塘笼罩在烟雾之中，清澈的池水犹如皎洁的白练。试着面朝凉风，以求酒醒。那行行征雁飞来之时，我恰好在高楼上看见了。另外，还有几朵预示着霜雪的云影飘动流转，还听到了谁家的芦管吹奏着愁怨的曲调。明沈际飞《草堂诗余正集》："七句深至，末说到秋怨。"清陈廷焯《词则·闲情集》："出语必雅。北宋艳词自以小山为冠。耆卿、少游，皆不及也。"

---

① 绿扇：指荷叶。
② 练：白色的丝绢。南朝齐谢朓《晚登三山还望京邑》："余霞散成绮，澄江静如练。"
③ 雁字：大雁飞行时呈"一"字形或"人"字形，故称雁字，也称雁阵。
④ 护霜云：秋冬季节，傍晚天空出现的阴云，初似鲤鱼斑，越积越浓而终无雨雪，谓之护霜云。
⑤ 芦管：笛子。唐李益《夜上受降城闻笛》："不知何处吹芦管，一夜征人尽望乡。"

又

　　喜鹊桥成催凤驾[1]。天为欢迟，乞与初凉夜。乞巧双蛾[2]加意画。玉钩[3]斜傍西南挂。　　分钿擘钗[4]凉叶下。香袖凭肩，谁记当时话。路隔银河犹可借[5]。世间离恨何年罢。

　　喜鹊搭好了鹊桥，催促着织女起驾去赴会。上天垂怜牛郎织女欢会迟短，准许他们七夕相会。每当这时，人间乞巧的女子特意把蛾眉画了又画。那弯新月渐渐西斜，仿佛挂在了西南方向的树枝上。在秋叶之下，将要离别的人分擘首饰以为信物。他们衣袖相倚，肩靠着肩，谁还记得当时说过的话？天上的牛郎织女虽然隔着银河相望，七夕时仍可相会。这人世间的离愁别恨何时才能消除呢？这首词借咏牛郎织女的爱情神话，比喻人间的爱情生活。清陈廷焯《词则·闲情集》："思深意苦。"夏敬观批语："'借'字生而炼熟。"

---

① 凤驾：仙人的车乘。
② 双蛾：双眉。蛾，女子眉细而弯，状如飞蛾的触角，故曰蛾眉。
③ 玉钩：指新月，喻指其色如玉，弯如钩。南朝宋鲍照《玩月城西门廨中》："始见西南楼，纤纤如玉钩。"
④ 分钿擘（bò）钗：比喻情人分别。分别之时，二人将首饰擘开，各执一半为信物。擘，分开。白居易《长恨歌》："钗留一股合一扇，钗擘黄金合分钿。"
⑤ 借：依靠，凭借。

〔清〕 陈枚《四季花鸟图屏》（局部）

又

碧草池塘春又晚。小叶①风娇，尚学娥妆浅。双燕来时还念远。珠帘绣户杨花满。　　绿柱②频移弦易断。细看秦筝③，正似人情短。一曲啼乌④心绪乱。红颜暗与流年换。

青青水草遍布池塘，春色又晚至。娇嫩的新荷随风摇摆，像是初学梳妆的小女孩，妆色浅淡。燕子双双飞回时，还记挂着远去。那恼人的柳絮挂满了珠帘和窗子。那绿色的筝柱频繁地移动，筝弦容易断掉。细细地观看秦筝，就像人的真情一样短。一曲《乌夜啼》，令人的心绪都乱了。这时光流逝，暗暗地偷走了人的容颜。这首词写晚春时节女子的伤春情绪。

① 小叶：嫩叶。
② 绿柱：绿色的筝柱。
③ 秦筝：古筝。
④ 啼乌：琴曲名，即《乌夜啼》。

又

碾玉钗头双凤小。倒晕①工夫，画得宫眉巧。嫩麹②罗裙胜碧草。鸳鸯绣字春衫好。　　三月露桃③芳意早。细看花枝，人面争④多少。水调⑤声长歌未了。掌中杯尽东池⑥晓。

赏评

碾玉而成的双头凤钗，精致小巧。她有着化倒晕妆的本事，将这种宫中流行的眉毛式样画得非常美丽。她穿着嫩麹色的罗裙，颜色胜过了碧草之色。那绣着鸳鸯字样的春衫更觉好看。阳春三月，沾带着露水的桃花早早吐露着春意。细看那花枝颜色，人的脸色要相差多少呢？《水调歌头》的曲子太长了，一曲还未唱完，杯中的酒就喝完了，东海已现出了欲晓的天光。这首词描写了一位歌女梳妆侍宴的情景。

---

① 倒晕：古代女子画眉的一种样式，称作"倒晕妆"。宋苏轼《常润道中，有怀钱塘，寄述古五首·其三》："剩看新翻眉倒晕，未应泣别脸消红。"

② 嫩麹（qū）：浅釉色，近似于酒曲的颜色，应是浅黄与浅绿的混合之色。

③ 露桃：一说沾着露珠的桃花。唐杜牧《题桃花夫人庙》："细腰宫里露桃新，脉脉无言度几春。"一说露井旁的桃树。

④ 争：相差。

⑤ 水调：古乐府商调曲名，即《水调歌头》。

⑥ 东池：东海、东溪。

〔明〕沈周《花鸟册》（局部）

又

醉别西楼醒不记。春梦秋云，聚散真容易。斜月半窗
还少睡。画屏闲展吴山①翠。　　衣上酒痕②诗里字。点点行
行，总是凄凉意。红烛自怜无好计。夜寒空替人垂泪③。

赏评

　　醉着告别了西楼，醒来时毫无记忆。人生真如春梦秋云
般，聚散实在太容易了。那钩弯月正挂在半窗之上，我还是缺
少睡意。展开的屏风上，连绵的吴山翠意盎然。看着衣裳上残
留着的淡淡酒痕，想起了宴会上所作的诗句。点点行行，总带
着一番凄凉之意。那红烛自觉悲怜，没办法解脱这凄凉，只好
在寒夜里空替人流下伤心之泪。这首词写的是离愁别绪给人带
来的忧伤与困扰。清陈廷焯《词则·大雅集》："一字一泪，
一字一珠。"唐圭璋引沈祖棻（fēn）《宋词赏评》："这首词，
虚字尤其传神，如'真''还''闲'等字，用得自然而深刻；
'总是''空替'，则极概括。"

---

① 吴山：吴地之山。泛指江南山水景色。
② 衣上酒痕：典出唐白居易《故衫》："袖中吴郡新诗本，襟上杭州
　　旧酒痕。"
③ "红烛"二句：化用唐杜牧《赠别二首·其二》中"蜡烛有心还惜
　　别，替人垂泪到天明"的诗句。

又

欲减罗衣寒未去，不卷珠帘，人在深深处。残杏枝头花几许。啼红①正恨清明雨。　　尽日沉香烟一缕。宿酒醒迟，恼破春情绪。远信还因归燕误。小屏风上西江路。

赏评

想要脱掉厚重的罗衣，怎奈春寒尚在。珠帘没有卷起，佳人就在屋宇之内。余寒未消，那枝头的杏花，还残留着几朵呢？那深闺的佳人脸带泪痕，正恼恨这淅淅沥沥的清明细雨。一整天只有那一缕沉香轻烟相伴。因为宿酒余醉而醒来很迟，更加被这恼人的天气撩拨得心烦意乱。夫君的信尚未收到，是因为飞燕归来晚而耽误了吗？眼望着小屏风上的西江水路，更加恼怨寂寞了。这首词描写了女子在清明时节对夫君的思念之情。夏敬观批语："'恨'字、'迟'字妙极。熟字炼之使生，尤不易。"明卓人月《古今词统》："（'小屏'句）欲走入杨国忠家屏上。"

---

① 啼红：指淋雨的杏花。暗喻因相思而流泪的女子。

〔五代〕黄居寀《杏花鹦鹉图》（局部）

又

千叶早梅夸百媚。笑面凌寒，内样妆①先试。月脸冰肌香细腻。风流新称东君②意。　　一稔③年光春有味。江北江南，更有谁相比。横玉④声中吹满地⑤。好枝长恨无人寄⑥。

赏评

千叶梅早早开放了，犹如佳人般千娇百媚。它绽放笑靥，迎着春寒，仿佛化着宫内新妆。它花色如皎月，冰肌玉骨，带着淡淡香意，风流娇俏的模样让司春之神也十分中意。这一年美好的时光只有春天最有意味。江北江南的景色，有哪里可以与之相比？玉笛声声中，梅花纷纷落满地。最恼恨的是这美好的花枝竟无人可寄。这是一首咏梅词。夏敬观批语："'笑面凌寒'，意生。'内样'，字生。不觉碍眼者，炼熟之功也。"

---

① 内样妆：宫廷内新妆式样。此处指寿阳公主的"梅花妆"。
② 东君：司春之神。
③ 一稔（rěn）：一年，庄稼一年成熟一次。
④ 横玉：指玉笛。
⑤ 吹满地：指笛曲《梅花落》。唐李白《与史郎中钦听黄鹤楼上吹笛》："黄鹤楼中吹玉笛，江城五月落梅花。"
⑥ "好枝"句：化用陆凯折梅附诗"折梅逢驿使，寄与陇头人。江南无所有，聊赠一枝春"寄范晔的典故。

又

　　金剪刀头芳意动。彩蕊开时，不怕朝寒重。晴雪半消花鬅鬙^①。晓妆呵尽香酥^②冻。　　十二楼^③中双翠凤。缥缈歌声，记得江南弄^④。醉舞春风谁可共。秦云已有鸳屏梦。

赏评

　　二月春风似剪刀般裁剪一番，万物萌生。花朵盛开时，不畏惧早上的凛冽寒意。天气晴朗，雪已化了一半，花枝散乱低垂着。暖暖的阳光好像佳人张口呵气以驱寒解冻。在庭院深深的闺阁里，住着碧玉佳人。隐隐传出来缥缈的歌声，仿佛是乐府清商曲《江南弄》。酒醉之时，欲与春风起舞，谁可为伴？怎奈那云彩伴着对对鸳鸯画在了屏风上。这首词描写了歌女的生活状况及精神面貌。夏敬观批语："'金剪刀头'用'二月春风似剪刀'，接以'芳意动'，意新。"

---

① 鬅鬙（méng sōng）：松散下垂的样子。
② 香酥：形容花枝上的冰霜。
③ 十二楼：传说黄帝于昆仑玄圃筑五城十二楼，为迎候神仙之住所。这里代指闺阁。
④ 江南弄：曲名，为梁武帝所作。

又

笑艳秋莲生绿浦。红脸青腰，旧识凌波女①。照影弄妆娇欲语。西风岂是繁华主。　　可恨良辰天不与。才过斜阳，又是黄昏雨。朝落暮开空自许。竟无人解知心苦。

赏评

笑靥娇艳的秋莲生长在碧绿池塘中。那红花绿秆摇曳生姿，仿佛旧日相识的佳人款款而行。它临水照影弄妆，娇羞欲语。可西风怎么会是繁华之主呢？可恨上天不给予好时辰。才从斜阳中度过，又遭了一阵黄昏雨的敲打。花开花落不过是朝夕之间，白白地自许高洁。其心中的苦楚又有几人知道呢？这是一首描写秋莲的词。

---

① 凌波女：步履轻盈的女子。此处喻指荷花。

〔清〕 郎世宁《仙萼长春图册之荷花慈姑花图》（局部）

又

碧落①秋风吹玉树。翠节红旌②，晚过银河路。休笑星机停弄杼。凤帏③已在云深处。　　楼上金针穿绣缕④。谁管天边，隔岁分飞苦。试等夜阑寻别绪。泪痕千点罗衣露。

赏评

九天之上秋风吹来，吹动着树木。绿草做仪仗，红花为旗帜，装点在夜里银河的鹊桥之上。不要因织女停了机杼而取笑她，迎接她的车驾正在云深之处。高楼之上，女子们正忙着穿针引线乞巧。谁还会管天上的牛郎织女，饱受着一年内分居两地的苦楚呢？等到夜色将尽、七夕将过时，他们悲伤的泪水便化作千万滴雨露，落在女子们的罗衣上。这是一首七夕词，上阕写牛郎织女相会，下阕写人间女子乞巧。夏敬观批语："七夕词意新语新。"

---

① 碧落：指天空，青天。唐白居易《长恨歌》："上穷碧落下黄泉，两处茫茫皆不见。"
② 翠节红旌：指牛郎织女相会时，以绿草红花当作仪仗和旗帜。节，仪仗。旌，旗帜。
③ 凤帏：绣有凤凰纹饰的帷幕，此处指织女的车驾。
④ 绣缕：绣花用的彩线。

又

碧玉①高楼临水住。红杏开时，花底曾相遇。一曲阳春春已暮。晓莺声断朝云去。　　远水来从楼下路。过尽流波，未得鱼中素②。月细风尖垂柳渡。梦魂长在分襟③处。

赏评

佳人住的闺楼临水而筑。红杏在枝头绽放时，曾与她花下相遇。一曲《阳春》高歌后，春色已晚，早莺不再啼叫，朝云也已散去了。流向远方的江水从楼前流过。这滚滚江流之中，从未见到游鱼带来的书信。月儿弯弯，风儿细细，垂柳在渡口舒展。这无尽的情思便蔓延在这分别之处。这首词写离别思念之情。清厉鹗《论词绝句》："鬼语分明爱赏多，小山小令擅清歌。世间不少分襟处，月细风尖唤奈何。"

---

① 碧玉：泛指年轻女子。
② 鱼中素：指书信。
③ 分襟：离别之意，同"分袂""分袪"。白居易《答微之咏怀见寄》："分袪二年劳梦寐，并床三宿话平生。"

〔北宋〕赵昌《杏花图》（局部）

又

梦入江南烟水路。行尽江南，不与离人遇。睡里消魂无说处。觉来惆怅消魂误。　　欲尽此情书尺素[1]。浮雁沉鱼，终了无凭据。却倚缓弦歌别绪。断肠移破[2]秦筝柱。

赏评

　　梦中踏上了烟水弥漫的江南路。走遍了江南各地，也未能与久别的人相遇。梦境里黯然销魂无处诉说，醒来时更加惆怅不已，这都是梦境导致的。想把我的相思之情寄托在书信之中。但雁去鱼沉，到头来也没把信寄出去。只好凭借着缓缓弹筝抒发离情别绪，可移遍了筝柱也难以把怨情抒发掉。这首词乃是怀人之作。明卓人月《古今词统》："人必说梦中相会，何等陈腐。"唐圭璋《唐宋词简释》："写来层层深入，节节顿挫，既清利，又沉着。"

---

① 尺素：指书信。
② 移破：移尽或移遍之意。

又

　　黄菊开时伤聚散。曾记花前，共说深深愿。重见金英^①人未见。相思一夜天涯远。　　罗带同心^②闲结遍。带易成双，人恨成双晚。欲写彩笺书别怨。泪痕早已先书满。

　　正是菊花盛开时，却因离散而伤悲。记得与君共聚花前，许下深深的心愿。可是再次等到金菊盛开，却不见人归来。一夜相思无眠才意识到人还在遥远的天涯。罗带一遍又一遍地系着同心结。同心结容易系，人却恼恨成双成对太晚。想要铺开彩笺，书写心中的思念别怨，泪痕早已经把彩笺上铺满了。这是一首感秋怀人的相思之词。俞陛云《唐五代两宋词选释》："叔原喜沉浮酒中，与客酣饮，每得一解，即以草授歌姬莲、鸿、蘋、云，品清讴娱客，持杯听之，相为笑乐。歌阑人散，辄惆怅成吟。"

----

① 金英：金色的花朵，即黄菊。
② 同心：同心结，表示永不分离。

鹧鸪天

　　彩袖殷勤捧玉钟①。当年拚却②醉颜红。舞低杨柳楼心月，歌尽桃花扇影风。　　从别后，忆相逢。几回魂梦与君同。今宵剩③把银釭④照，犹恐相逢是梦中。

赏评

　　你彩袖飘飘，手捧着酒杯殷勤劝酒。回想起当年，我心甘情愿喝醉，而满脸通红。你舞姿曼妙，仿佛杨柳随风起舞，一直跳到明月照到楼心；你歌声婉转，桃花纷纷，疑似扇影之风吹落。自从那次离别之后，总是怀念那美好的相逢时刻。多少回都在梦里同君欢聚呢。今夜里，我举着银灯把你细细观瞧，唯恐这次相逢又是在梦中。这首词写别后思念及重逢后的喜悦之情。陈廷焯《词则·闲情集》："仙乎丽矣。后半阕一片深情，低回往复，真不厌百回读也。言情之作，至斯已极。"

---

① 玉钟：玉石雕琢的酒盅。
② 拚却：甘心情愿。
③ 剩：只有，唯有。
④ 银釭（gāng）：银灯。

又

一醉醒来春又残①。野棠梨雨泪阑干②。玉笙声里鸾空怨③，罗幕香中燕未还。　　终易散，且长闲。莫教离恨损朱颜。谁堪共展鸳鸯锦④，同过西楼⑤此夜寒。

一朝酒醉，醒来发现又至春残时光。只见野棠梨树上的雨痕好似离人之泪纵横。在那玉笙声里，满是孤鸾的哀怨之意。罗幕中香意弥漫，而春燕还没有归来。欢聚易散，不如终日悠闲。千万不要让离愁别绪损了美好的容颜。这春寒料峭，谁能与我同盖鸳鸯锦被，同在西楼度过寒冷的长夜呢？这首词是作者的自述情怀之作。张草纫《二晏词笺注》："此词为思念西楼歌女而作，可能作于'西楼别后'到长安的第二年春天。"

① 残：将尽。
② 泪阑干：眼泪纵横滑落的样子。
③ 鸾空怨：古乐曲中有《孤鸾》曲，曲调哀怨，故说"鸾空怨"。鸾，神话中凤凰一类的鸟，此处指离鸾、孤鸾。
④ 鸳鸯锦：绣有鸳鸯图案的锦被。
⑤ 西楼：指所居楼阁。

〔清〕 任熊《姚燮诗意图》（局部）

又

　　梅蕊新妆桂叶眉。小莲①风韵出瑶池②。云随绿水歌声转，雪绕红绡舞袖垂。　　伤别易，恨欢迟。惜无红锦为裁诗③。行人莫便消魂去，汉渚④星桥尚有期。

 赏评

　　化了梅花妆，描了桂叶眉，小莲风韵卓卓，就像从瑶池出来的仙女。云随着流水飘动，歌声婉转动听；雪花随着红绸纷飞，舞动的双袖慢慢停歇了。感伤离别容易，恼恨欢聚太晚。可惜没有红锦可裁剪，以题上离别诗。劝行人不要黯然伤魂地离去，因为牛郎织女还有相会于鹊桥的时候呢。这首词通过对小莲的回忆，表达自己忧愁、思念之情。

---

① 小莲：歌女名。
② 瑶池：传说中神仙的居所。
③ 红锦为裁诗：裁剪红锦，题诗其上。
④ 汉渚：指银河岸边。

又

　　守得莲开结伴①游。约开萍叶上兰舟。来时浦口云随棹，采罢江边月满楼。　　花不语，水空流。年年拚得为花愁。明朝万一西风动，争向②朱颜不耐秋。

　　等到荷花盛开时，结伴而游。姑娘们登上兰舟，拨开了浮萍采莲而去。来的时候，浦口云烟袅袅，随着船桨滚动；采莲归去时，明月已照着江边的高楼。花不言语，水自空流。年年都为花落春去而愁。万一明天吹来了强劲的西风，怎奈花朵抗不住秋寒，很快就会凋零。这首词写采莲女的采莲活动。

---

① 结伴：相约，邀约。
② 争向：怎奈，无奈。唐白居易《题酒瓮呈梦得》："若无清酒两三瓮，争向白须千万茎。"

〔清〕 陈枚《四季花鸟图屏》（局部）

又

斗鸭①池南夜不归。酒阑纨扇有新诗。云随碧玉②歌声转，雪绕红琼舞袖回。　　今感旧，欲沾衣。可怜人似水东西③。回头满眼凄凉事，秋月春风岂得知。

赏评

　　在斗鸭池南饮酒博戏而彻夜未归。酒意阑珊，题新诗于纨扇之上。彩云随着碧玉的歌声游荡，白雪绕着红琼的舞袖纷飞。今日感念旧事，眼泪沾湿了衣衫。这人好似水流分奔东西，再无相聚之日，真是可怜呀。回首往昔，双眼里满是凄凉之意，那秋月春风又怎么会知道这心底事呢？这是一首感旧之词，通过今昔对比，抒发悲凉深沉的伤时感事的情怀。

---

① 斗鸭：以鸭相斗为戏，或设斗栏，或设斗池。
② 碧玉：与下文"红琼"皆为歌伎舞女名。
③ 水东西：水向东西分流，比喻分离的人不能相会。西汉卓文君《白头吟》："蹀躞（dié xiè）御沟上，沟水东西流。"

又

当日佳期①鹊误传。至今犹作断肠仙。桥成汉渚星波外，人在鸾歌凤舞前。　　欢尽夜，别经年。别多欢少奈何天。情知此会无长计，咫尺凉蟾②亦未圆。

赏评

由于当初鹊乌误传了相会的日子，使得牛郎织女至今仍是相思断肠的神仙。银河之上的鹊桥已经搭建成，人们还沉浸在轻歌曼舞之中。七夕欢聚一夜，别后又是一年。离多聚少，又能拿上天怎么样呢？或许是心知此次相会不长久，近在咫尺的月亮也没有圆。这是一首七夕词，描写牛郎织女的故事。

---

① 佳期：相会之期。
② 凉蟾：冷月，秋月。

〔清〕 蒋廷锡《花鸟图》（局部）

又

题破香笺小砑红①。诗篇多寄旧相逢②。西楼酒面垂垂雪③，南苑春衫细细风。　　花不尽，柳无穷。别来欢事少人同。凭谁问取归云信，今在巫山第几峰④。

在压着花纹泛着香味的笺纸上题遍了诗句，大多数诗笺寄给了一位旧日好友。在西楼同饮时，她脸上酒意消退，渐渐恢复了雪白的肤色；在南苑欢聚时，她起舞阑珊，薄薄的春衫飘动，仿佛有微风吹拂。自离别后，繁花不尽，柳絮无穷。只可惜这欢乐之事却无人共度。向谁询问归云的音信，如今其飘荡在巫山哪个峰头呢？这是一首怀人词。《诗话总龟》前集引《王直方诗话》："唐张子容作《巫山》诗云：'巫岭岧峣天际重，佳期夙昔愿相从。朝云暮雨连天暗，神女知来几峰。'近时晏叔原作乐府云：'凭君问取归云信，今在巫山第几峰。'最为人所称，恐出于子容。"

---

① 小砑（yà）红：指红色信笺上压出的细微花纹。砑，用木刻版在笺纸上压印花纹的一种工艺，称为砑花。
② 旧相逢：老朋友。
③ 垂垂雪：指酒后脸渐渐恢复了雪白的肤色。垂垂，渐渐。
④ 巫山第几峰：此处借用巫山神女的典故。

又

清颖①尊前酒满衣。十年风月②旧相知。凭谁细话当时事，肠断山长水远诗。　　金凤阙③，玉龙墀④。看君来换锦袍时。姮娥⑤已有殷勤约，留著蟾宫⑥第一枝⑦。

赏评

在颖水送别，清香的酒气充盈于衣袖之间。这十年的光阴过去，你我已成老朋友。让谁细说当年的事情呢？愁肠已断，山长水远，唯有诗词相和。入凤阙，踏龙墀，待君脱去锦袍换上官服。料想嫦娥仙子已经有约在先，留着蟾宫的第一枝桂花由君折取。这是一首送友人赴试的词。

---

① 清颖：一说指颍水，今在河南许昌。一说形容酒气之清香。
② 风月：指岁月光阴。
③ 金凤阙：代指皇宫。凤阙，雕有凤凰的宫门。
④ 玉龙墀（chí）：代指宫殿。龙墀，雕有龙形的墀栏。
⑤ 姮娥：嫦娥，传说中的月宫仙子。
⑥ 蟾宫：指月宫。
⑦ 第一枝：指折取第一枝桂花，寓意蟾宫折桂，高中魁元。

又

醉拍①春衫惜旧香。天将离恨恼疏狂②。年年陌上生秋草，日日楼中到夕阳。　　云渺渺，水茫茫。征人③归路许多长。相思本是无凭语，莫向花笺费泪行。

 赏评

　　醉意醺醺，轻拂着春衫，回味着旧衣衫上的香气。老天用离愁别恨折磨我这疏狂之人。路上年年长满秋草，小楼中天天洒入落日余晖。白云渺渺，江水苍茫。远行之人脚下的归路有多长呢？相思之意本就是无法用话语表达的，更不要写在纸上，徒流下千行泪。这首词主要抒写离愁别恨。明卓人月《古今词统》："'费'字本于学书纸费，学送人费。"夏敬观批语："'拍'字生而熟练；'恼'字新。"

①　拍：抚慰，引申为抚摸之意。
②　疏狂：狂放不羁，不受拘束。
③　征人：远行之人。

又

　　小令^①尊^②前见玉箫^③。银灯一曲太妖娆。歌中醉倒谁能恨，唱罢归来酒未消。　　春悄悄，夜迢迢。碧云天共楚宫^④遥。梦魂惯得无拘检，又踏杨花过谢桥^⑤。

赏评

　　酒宴之上，听着小令，我见到了玉箫。夜宴上一曲清歌，显得更加妖媚妖娆。在歌声中醉倒，谁会因此而懊恼呢？歌声停歇了，在袅袅余音中归来，酒意还未消却。春天悄寂，春夜漫长。碧空中的游云跟楚国宫殿一样遥远。只有在梦中才能无拘无束，踏着飞舞的杨花走过谢家的小桥。全词从宴集写到孤眠，实实虚虚，余味不尽。清况周颐《蕙风词话》："小晏神仙中人，重以名父之贻，贤师友相与沆瀣，其独造处，岂凡夫肉眼所能见及。'梦魂惯得无拘检，又踏杨花过谢桥。'以是为至，乌足与论《小山词》耶。"宋邵博《邵氏闻见后录》："程叔微云：伊川（程颐）闻诵晏叔原'梦魂惯得无拘检，又踏杨花过谢桥'长短句，笑曰：'鬼语也。'意亦赏之。"

---

① 小令：词曲中篇幅短小者，词中小令诸调，皆在五十八字以下。
② 尊：同"樽"，酒杯，酒樽。
③ 玉箫：唐人小说中侍女名字，因爱绝食而死。此处指歌女。
④ 楚宫：指楚襄王梦巫山神女的典故。
⑤ 谢桥：通往谢秋娘家的一座桥。

又

　　楚女腰肢①越女腮。粉圆双蕊髻中开。朱弦曲怨愁春尽，渌酒杯寒记夜来②。　　新掷果③，旧分钗。冶游音信隔章台④。花间锦字空频寄，月底金鞍竟未回。

　　她腰肢纤细，身段婀娜，面容姣美，装扮入时。粉红色的花团分插在发髻之上。弹奏的曲子带着幽怨，因春去而伤愁。杯中清酒已冷，又弹奏着《起夜来》。把果子掷向心仪之人，离别时又割分金钗。冶游的人音信皆无，好像被章台阻隔了。一封封文辞如锦绣般优美的书信频频空寄。月底之时，也不见骑着雕鞍宝马的冶游之人回来。这首词主要描写歌伎的生活。

---

① 楚女腰肢：即楚腰，指女子细腰。唐杨炎《赠元载歌妓》："玉山翘翠步无尘，楚腰如柳不胜春。"
② 夜来：即《起夜来》，乐府曲子。
③ 掷果：用晋人潘岳的典故，指英俊的男子。《晋书·潘岳传》："少时常挟弹出洛阳道，妇人遇之者，皆连手萦绕，投之以果，遂满车而归。"
④ 章台：古代长安城中的街名。周邦彦《瑞龙吟》："章台路，还见褪粉梅梢，试花桃树。"

又

　　十里楼台倚翠微①。百花深处杜鹃啼。殷勤自与行人②语，不似流莺取次③飞。　　惊梦觉，弄晴时。声声只道不如归④。天涯岂是无归意，争奈归期未可期。

赏评

　　绵延十里的亭台楼阁，紧挨着葱翠的青山。百花丛里传来一声声杜鹃啼鸣。它们热切地鸣叫，仿佛在与远游之人说话，一点也不像黄莺那样到处乱飞。我从梦中惊醒过来，外面天气晴明，杜鹃声声高叫着："不如归去！不如归去！"浪迹天涯的游子何尝没有回家的想法？只不过那归去的日期啊，至今难以确定。这首词写游子的思乡之情。张草纫《二晏词笺注》："此词写因听到杜鹃的鸣声而引起思归之念。可能作于元丰八年（1085年）春叔原监颍昌许田镇时。"

---

① 翠微：青翠的山色，代指青山。唐杜牧《九日齐山登高》："江涵秋影雁初飞，与客携壶上翠微。"
② 行人：旅居外地之人。
③ 取次：任意，随便。
④ 不如归：指杜鹃的叫声，似人言"不如归去"。

更姑苗風到綵迎薔薇泡露
数花新無端麗影劉奎架慈
得窗前雀啼人

〔清〕《缂丝乾隆御制诗花卉册》（局部）

又

陌上濛濛残絮飞。杜鹃花里杜鹃啼。年年底事^①不归去，怨月愁烟长为谁。　　梅雨细，晓风微。倚楼人听欲沾衣。故园三度群花谢，曼倩^②天涯犹未归。

赏评

田间小路上白茫茫一片，到处飞舞着残絮。杜鹃在杜鹃花丛中啼叫着。年年到底因何事而不回去呢？对月含怨，对烟长愁，又是为了谁？梅雨纷纷，晓风微微，倚着小楼沉思的人听到这些声音忍不住又要泪沾衣衫。故园里的丛花，花开花谢已经三次啦，远在天涯的人却不像东方曼倩那样归来。这是一首思归之词，表达了深切的思乡情怀。清陈廷焯《词则·闲情集》："笔意亦俊爽，亦婉约。"

---

① 底事：何事，什么事。
② 曼倩：汉东方朔，字曼倩。指东方朔"归遗细君"的典故。

又

晓日迎长①岁岁同。太平箫鼓间歌钟②。云高未有前村雪，梅小初开昨夜风。　　罗幕翠，锦筵红。钗头罗胜③写宜冬。从今屈指春期近，莫使金尊对月空④。

赏评

时至冬至，白天渐渐变长，年年都是如此。适逢太平盛世，这一日锣鼓喧天，正举行社典。天气晴朗，村前村后的雪已融化。梅蕾娇小，却已在昨夜的风中盛开了。帷幕含翠，锦筵铺红。女子头上插着金钗，戴着写有"宜冬"字样的罗胜。从今天开始，屈指细数，春天越来越近了。不要让这对着明月的金杯空了。这首词描写了冬至时令特点，也表达了一种积极乐观的生活态度。

---

① 长：长至。二十四节气中的夏至、冬至，都称为长至。此处指冬至。
② 歌钟：编钟。
③ 罗胜：用罗缎做成的头饰。胜，指彩胜，古代女子的一种头饰。
④ "莫使"句：化用李白《将进酒》"人生得意须尽欢，莫使金樽空对月"之句。

又

小玉①楼中月上时。夜来惟许月华②知。重帘有意藏私语，双烛无端恼暗期③。　　伤别易，恨欢迟。归来何处验相思。沈郎④春雪愁消臂，谢女⑤香膏懒画眉。

赏评

　　佳人独处阁楼之中，看着月亮升上了天空。这漫漫长夜唯有月光可为知己。重重帘幕，有意阻挡着窃窃私语；双烛通明，没来由恼恨私下里订的约会。感伤离别容易，怨恨欢聚太迟。归来之时，如何验证这相思之情呢？榆钱似春雪飘落，落在胳膊上不担心它会消融。那楼中女子虽用香膏，却懒得描眉，无心梳妆。这首词主要描写月夜下女子的离别相思之情。夏敬观批语：" '验'字新。"

---

① 小玉：吴王夫差之女名小玉，此处泛指美女。白居易《霓裳羽衣歌》："吴妖小玉飞作烟，越艳西施化为土。"
② 月华：月光。
③ 暗期：私下约会。
④ 沈郎：此处指榆钱。晋人沈充铸小钱，称"沈郎钱"，榆钱也小，因此又以"沈郎"称之。
⑤ 谢女：晋代著名才女谢道韫，此处泛指女子。

又

  手捻香笺忆小莲。欲将遗恨倩①谁传。归来独卧逍遥夜，梦里相逢酩酊天。   花易落，月难圆。只应花月似欢缘。秦筝算有心情在，试写离声入旧弦。

赏评

  手中轻捻着香笺，想起了小莲。想把这份遗恨请人传达出去。回来时，独自睡卧，逍遥无比。你我梦里相逢时，喝得酩酊大醉。花之易落，月之难圆。只因这花月好似人的欢聚情缘。秦筝还算能够理解我的心情，试着把离恨谱写进旧琴弦。

这首词是作者怀念小莲之作。

---

① 倩：请，使。

〔明〕 吕纪《秋鹭芙蓉图》（局部）

又

　　九日①悲秋不到心。凤城②歌管有新音。风凋碧柳愁眉淡，露染黄花笑靥深。　　初见雁，已闻砧③。绮罗丛里胜登临。须教月户④纤纤玉⑤，细捧霞觞滟滟金。

赏评

　　九九重阳之际，悲秋之意未触及心头。汴梁城内，歌舞管弦又有了新节目。秋风吹落柳叶，佳人的柳眉也淡了；寒露凝聚黄花，佳人脸上的妆饰更深了。刚刚见到归雁，就听到了夜里的寒砧声。在众多佳人之中，我率先登上了山顶。须让月宫的嫦娥仙子，用纤纤玉手轻轻捧出荡漾着金波如霞光般的美酒来。这首词是重阳节的应节之词。夏敬观批语："重九词新意。"南宋王灼《碧鸡漫志》："叔原年未至乞身，退居京城赐第，不践诸贵之门。蔡京重九、冬至日，遣客求长短句，欣然两为作《鹧鸪天》：'九日悲秋不到心'（词略）、'晓日迎长岁岁同'（词略）。竟无一语及蔡者。"

---

① 九日：指农历九月九日重阳节。
② 凤城：京城，指北宋都城汴梁，今河南省开封市。
③ 砧（zhēn）：捣衣的石板。此处指捣衣声。
④ 月户：月宫。这里指月宫里的嫦娥仙子。
⑤ 纤纤玉：纤纤玉手。

又

碧藕花开水殿①凉。万年枝②外转红阳。升平歌管随天仗③，祥瑞封章④满御床。　　金掌露⑤，玉炉香。岁华⑥方共圣恩长。皇州⑦又奏圜扉⑧静，十样宫眉⑨捧寿觥。

赏评

　　荷花池中花开满池，临水宫殿中清凉无比。朝阳从冬青树外缓缓升起了。歌颂着太平盛世的歌舞弦乐随着天子护卫队四处飘扬，呈报着祥瑞之事的文书堆满了皇帝的桌案。金掌露盘承接着露水，玉炉中香意缭绕。岁月年华恰好同皇恩一样长。官员们奏报，京都的监狱里犯人少了，变得清静了。描着各式

---

① 水殿：临水的宫殿。唐王昌龄《西宫秋怨》："芙蓉不及美人妆，水殿风来珠翠香。"

② 万年枝：树名，冬青树。南朝齐谢朓《直中书省》："风动万年枝，日华承露掌。"

③ 天仗：天子的仪仗护卫。岑参《寄左省杜拾遗》："晓随天仗入，暮惹御香归。"

④ 封章：封事奏章。

⑤ 金掌露：金铜仙人掌擎承露盘中接到的露水。古人视"甘露降"为祥瑞之事。

⑥ 岁华：岁月年华。

⑦ 皇州：京城，此处指汴梁。

⑧ 圜（huán）扉：狱门。

⑨ 十样宫眉：指宫女众多，各自画着不同样式的眉毛。

各样眉毛的宫女，手捧着祝寿的酒杯鱼贯而行。这是一首"万寿圣节"的祝贺之词。郑骞《夏（承焘）著二晏年谱补正》：花庵所谓"庆历狱空"，实为崇宁狱空之误传。叔原以狱空转官在闰二月，此词云"碧藕花开"，乃是夏景，盖崇宁四、五年间开封府曾有多次狱空也。

〔明〕陈洪绶《荷花鸳鸯图》（局部）

又

绿橘梢头几点春。似留香蕊送行人。明朝紫凤①朝天路，十二重城五碧云②。　　歌渐咽，酒初醺。尽将红泪③湿湘裙。赣江西畔从今日，明月清风忆使君④。

赏评

　　绿意昂扬的橘子树上还有几朵花没有凋谢，好像要把香蕊留给送行之人。明天你就要进京朝拜皇上了，这真是天祥人瑞的好事呀。歌声渐渐沙哑，微微有点酒意。我心中十分悲伤，哭出的泪水仿佛带血，滴湿了衣裙。我还留在赣江西岸，从今天开始，只能从明月下、清风中回忆使君了。这首词主要描写送官员升迁之事。张草纫《二晏词笺注》："从词意看，此词是叔原在离筵席上所作，令营妓歌以送赣州太守任满回京。以绿橘开花表明时间是在春末夏初，行人即后文的'使君'。"

---

① 紫凤：紫色凤凰，代表官阶的图画纹饰。
② "十二"句：指天上飘着五色云，祥瑞之兆。意谓：升官进京是天祥人瑞的好事。十二重城，十二座城，喻指普天之下。五碧云，即五色云，祥瑞之云。
③ 红泪：犹言血泪，形容极度悲伤所流之泪。
④ 使君：对州郡地方官的尊称。

生查子

　　金鞭美少年，去跃青骢马。牵系玉楼人，绣被春寒夜。　　消息未归来，寒食①梨花谢。无处说相思，背面秋千下②。

赏评

　　手持金鞭的翩翩少年郎，跃上宝马轻驰而去。自此一去便牵动了闺阁中佳人的心神，只觉得绣被不暖，春夜更寒。一直没等到他归来的消息，寒食过了，梨花也谢了。相思之苦向谁诉说呢？她默默伫立在秋千下，背着脸叹息不已。这首词写女主人公的相思之情。宋徽璧《抱真堂诗话》引陈子龙曰："律诗如'春城月出人皆醉'，及'罗绮晴娇绿水洲'之句，诗余如'无处说相思，背面秋千下'一词，生平竭力摹拟，竟不能到。"清黄苏《蓼园词选》："晏叔原'金鞭美少年'：'去跃'二字从妇人目中看出，深情挚语。末联'无处'二字，意致凄然，妙在含蓄。"

---

① 寒食：寒食节，为纪念晋国人介子推而设立。
② 背面秋千下：出自唐李商隐《无题》："十五泣春风，背面秋千下。"

又

　　轻匀两脸花，淡扫双眉柳。会写锦笺时，学弄朱弦后。　　今春玉钏①宽②，昨夜罗裙皱。无计奈情何，且醉金杯酒。

赏评

　　她轻轻涂匀脸颊上的胭脂，像花朵一般娇艳；淡淡描画眉黛，像柳叶一样纤细。刚刚学会了在锦笺上写字，又学会了弹奏琴瑟等乐器。入春以来，日渐消瘦，感觉手上的玉镯子都要宽了。昨夜和衣而卧，导致罗衫都褶皱了。根本没有办法排解情绪，且饮下这杯美酒，仅图一醉吧。这首词从女子的容颜、记忆，写到她的内心世界。

---

① 玉钏：玉手镯。
② 宽：宽大。这里指玉镯变宽了，实指人消瘦了。

又

　　关山①魂梦长，鱼雁音尘少。两鬓可怜青，只为相思老。　　归梦②碧纱窗，说与人人③道。真个别离难，不似相逢好。

　　关山荒凉无比，连做梦也十分漫长，而往来的书信也更加稀少。可怜我两鬓青丝，只因日日相思而渐渐变白了。做了一个回家的梦，倚靠着碧绿的纱窗，与心爱之人互诉衷肠。别离真的是太痛苦了，不如相逢相聚好呀。这首词抒写了游子的思归之情。

---

① 关山：关隘山野，泛指男子远行之地。
② 归梦：梦归，梦中归家或做了一个归家的梦。
③ 人人：是对女人昵称的口头词。欧阳修《蝶恋花》："翠被双盘金缕凤，忆得前春，有个人人共。"

又

　　坠雨已辞云，流水难归浦。遗恨几时休，心抵①秋莲苦。　　忍泪不能歌，试托哀弦语。弦语愿相逢，知有相逢否。

赏评

　　坠落的雨滴已经辞别了乌云，东流的江水再难回到江浦。这离恨之苦什么时候才能消失？我心中的苦比得上莲子的苦啊。强忍着泪水，难以高歌，只好把心愿寄托于琴弦之上。这丝弦弹出的曲子饱含着相逢之意，可真的还能够再相逢吗？这首词以女子口吻诉说着离别相思之苦。夏敬观批语："齐梁新体诗之佳音，不能过之。"

---

① 抵：抵得上，相当于。

〔清末〕于非闇《荷塘蜻蜓翠鸟图》（局部）

又

　　一分残酒霞①，两点愁蛾晕。罗幕夜犹寒，玉枕春先困。　　心情剪彩慵②，时节烧灯③近。见少别离多，还有人堪恨。

赏评

　　脸上还带着一分残酒红晕，眉宇间凝着点点愁。罗幕重重，夜里依旧寒冷。玉枕横置，有了春困之感。因心事满腹，懒得去剪灯花。算算日子，又要到烧灯之日。相见次数少，离别时日多，还有那个人更加让人恼恨。这首词描写女子的生活及心情，语言虽轻巧，含意却细密，足见细腻之处。

① 酒霞：酒晕，指酒后脸颊红晕似云霞。
② 剪彩慵：懒得拿剪刀剪掉灯花。
③ 烧灯：点灯。《旧唐书·玄宗纪》："二十八年春正月……以望日御勤政楼宴群臣，连夜烧灯，会大雪而罢，因命自今常以二月望日夜为之。"后世因此称二月十五之夜为"烧灯"。

又

　　轻轻制舞衣，小小裁歌扇。三月柳浓时，又向津亭[①]
见。　　　垂泪送行人，湿破红妆面。玉指袖中弹，一曲清
商怨[②]。

 赏评

　　小心翼翼地裁制着跳舞的衣衫，一丝不苟地制作着歌舞用
的扇子。阳春三月，柳荫浓密时，又来到了渡口的亭子下。粉
泪盈盈，送别远行之人，难免哭花了妆容。纤纤玉指于袖中暗
暗练着指法，竟然是那首哀怨的《清商怨》。这首词描写歌女
送别，结尾使人耳目一新，刻画了女子抒发离愁别恨的方式。

---

① 津亭：渡口边的亭子。津，渡口。王勃《江亭夜月送别》：“津亭
　　秋月夜，谁见泣离群。”
② 清商怨：曲调名，又名《送河令》《望西飞》等，古乐府有《清商
　　曲辞》，其音哀怨，故取以为名。

又

红尘陌上游，碧柳堤边住。才趁彩云来，又逐飞花去。　　深深美酒家，曲曲幽香路。风月有情时，总是相思处。

赏评

游荡于田间路上，车马过后扬起了不少尘土。碧柳依依，家就住在河堤岸边。来时，伴着飘荡的彩云；去时，追逐着纷飞的花瓣。那深深的巷子中藏着可沽酒的店家，让这条弯弯曲曲的小路上都飘着酒香。这清风明月撩动人的情绪时，总是在人沉入相思之境时。这首小词抒写了作者对人生的感受，十分优美。

〔明〕 郁乔枝《花鸟扇面》（局部）

又

　　长恨涉江遥①，移近溪头住。闲荡木兰舟②，误入双鸳浦。　　　　无端轻薄云，暗作廉纤雨③。翠袖不胜寒④，欲向荷花语。

 赏评

　　时常抱怨渡水太遥远，索性把家安在了溪边上。驾着木兰扁舟闲游，却误闯了双鸳浦。可恨这轻薄游荡的云彩，没来由地下起了毛毛细雨。这薄薄的衣衫耐不住寒意，欲向荷花诉说心曲。这首词委婉地述说着一位女子不如意的爱情遭遇，语中多用双关语，婉转含蓄。俞陛云《唐五代两宋词选释》："起句用'涉江采芙蓉'诗，以呼应'荷花'结句，盖咏采莲女之作。上段写绮怀之幽香，下段写丽情之宛转，殊有《竹枝词》意味。"

---

① "长恨"句：化用《古诗十九首·涉江采芙蓉》的"涉江采芙蓉，兰泽多芳草。采之欲遗谁？所思在远道"句意。
② 木兰舟：用木兰制作的小舟。木兰，树木名。
③ "无端"二句：暗用楚襄王梦会巫山神女的典故，喻指男女之情。廉纤，细小，微微。
④ "翠袖"句：化用杜甫《佳人》"天寒翠袖薄，日暮倚修竹"的句意。比喻自己品格高洁。

〔清〕郎世宁《仙萼长春图册之芍药图》（局部）

又

远山眉①黛长，细柳腰肢袅。妆罢立春风，一笑千金少②。　　归去凤城时，说与青楼道。遍看颍川③花，不似师师④好。

赏评

她画着细长秀丽的远山眉，柔美的腰肢如细柳一般袅娜。装扮停当后，站立春风中，微微一笑，千金都难买。等回到京城时，一定说给青楼的女子知道。赏遍了颍川的百花，都不如师师好。这首词赞赏了一位女子的美丽。夏承焘《张子野年谱》："晏几道《小山词》有《生查子》云：'遍看颍川花，不似师师好。''醉后莫思家，借取师师宿。'皆非宣和李师师。唐人孙棨（qǐ）为《北里志》，记平康妓亦有李师师，师师盖不仅一人也。"

① 远山眉：古时女子的一种画眉式样。《西京杂记》："（卓）文君姣好，眉色如望远山。"
② "一笑"句：美人一笑，千金为少。南朝梁王僧孺《咏宠姬》："再顾连城易，一笑千金买。"
③ 颍川：颍水，代指颍昌（今河南许昌）。
④ 师师：所咏女子名。

又

落梅庭榭香，芳草池塘绿。春恨最关情，日过阑干曲①。　　几时花里闲，看得花枝足。醉后莫思家，借取师师宿。

赏评

梅花飞落，庭院楼榭遍地芳香；青草萌发，池塘岸边一片新绿。这春恨最能引发人的情思，眼看着日头就过了栏杆。什么时候闲暇了，一定来赏花，看够了才罢。喝醉了也不要想家，就借宿在师师家吧。这首词描写了游子春日思家之情。张草纫《二晏词笺注》："此词与上一首作于同一时期。庭榭、池塘，乃师师居住。"

---

① "日过"句：化用南朝乐府《西洲曲》"楼高望不见，尽日栏干头。栏干十二曲，垂手明如玉"的诗句。阑干曲，栏杆的角落。

〔明〕 沈周《杏花图》（局部）

又

　　狂花①顷刻香，晚蝶②缠绵意。天与短因缘，聚散常容易。　　　传唱入离声，恼乱双蛾翠。游子不堪闻，正是衷肠③事。

赏评

　　花期短暂的花盛开时香气扑鼻，黄昏时分，蝴蝶依旧绕着花朵缠绵飞舞。天的短长是有原因的，聚聚散散也是常发生的。传来的歌声中带着离别之意，引得女子烦恼而紧皱着双眉。那游子们更不堪听闻，因为歌声触动了他们内心的悲伤愁绪。这首词描写离别之意，上阕阐述了相逢与欢乐皆是顷刻之间的事，下阕描写了离别带来的悲伤之感。

---

① 狂花：盛开时茂盛但花期较短的花。
② 晚蝶：黄昏时分飞舞的蝴蝶。唐唐彦谦《秋晚高楼》："晚蝶飘零惊宿雨，暮鸦凌乱报秋寒。"
③ 衷肠：真诚切实的内心思绪。

又

　　官身几日闲，世事何时足^①。君貌不长红，我鬓无重绿。　　榴花^②满琖^③香，金缕^④多情曲。且尽眼中欢，莫叹时光促。

赏评

　　为官之身能有几日空闲？这人世间的事情什么时候能够办完？你的相貌不能青春永驻，我斑白的鬓角也不能再变黑了。满杯的榴花美酒飘着香气，一首《金缕曲》饱含着多情与深情。姑且尽享眼前的欢乐吧，就不要感叹时光的匆匆流走啦。这是一首劝人及时享乐的小词。

---

① 足：满足，引申为终了之意。
② 榴花：一种红色的美酒。唐李峤《甘露殿侍宴应制》："御筵陈桂醑，天酒酌榴花。"
③ 琖：古同"盏"，小杯子。
④ 金缕：原指金色细丝，此处指《金缕曲》(亦称《金缕衣》)，泛指歌曲。唐杜牧《杜秋娘诗》："秋持玉斝(jiǎ)醉，与唱金缕衣。"

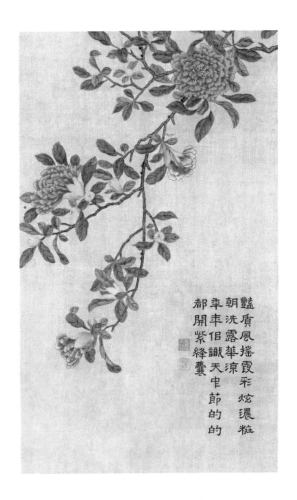

豔質風搖霞彩炫濃粧
朝洗露華涼
聿丰但識天中節的的
都開紫絳囊

〔清〕《缂丝乾隆御制诗花卉册》（局部）

又

　　春从何处归，试向溪边问。岸柳弄娇黄，陇①麦回青润。　　多情美少年，屈指芳菲近。谁寄岭头梅，来报江南信②。

　　春天从哪里归来呢？试着向小溪边寻访吧。岸边的杨柳舒展着嫩黄的枝条，田间的小麦已返青葱翠。多情的少年郎们，欣赏着那些屈指可数的盛开的花朵。谁会寄来大庾岭上的梅花，告诉我江南的春信呢？这是一首"探春"之词，充满了欢乐的基调，实际却饱含着无限孤寂之感。

---

① 陇：通"垄"，田埂。
② "谁寄"二句：化用陆凯从江南寄梅花及诗给范晔的故事。岭头梅，指大庾岭上的梅花。

南乡子

渌水①带青潮②。水上朱阑小渡桥。桥上女儿双笑靥，妖娆。倚著阑干弄柳条。　　月夜落花朝③。减字偷声按玉箫④。柳外行人回首处，迢迢。若比银河路更遥。

赏评

清澈的春水泛着汹涌的青潮，水上面有一座朱红色栏杆的小渡桥。桥上面站着一位面带笑容、露着酒窝的美丽少女，正靠着栏杆玩弄着柳条，分外妖娆。花朝节的月夜里，她能够娴熟地吹出减字偷声的玉箫曲。柳外的行人频频回首观看，好遥远呀，仿佛比那天上的银河还要远。这首词刻画了一位美丽的少女形象。明沈际飞《草堂诗余续集》："今日西湖有花朝而无月夕，有红粉而无佳人，愧前盛矣。"

---

① 渌（lù）水：清澈的水。
② 青潮：水面呈青绿色，且旺盛饱满，如同涨潮一般。
③ 花朝：古时以农历二月十五日为百花生辰，故称花朝节。
④ "减字"句：箫声吹出的曲子是减字偷声的。减字，指演唱词曲时，减少原词的字数，如词牌《减字木兰花》，即由《木兰花令》减字而成。偷声，演唱时减少字数而不影响曲调，如将一个七字句换成两个三字句。

又

　　小蕊受春风。日日宫花花树中。恰向柳绵①撩乱处，相逢。笑靥旁边心字浓。　　归路草茸茸②。家在秦楼更近东。醒去醉来无限事，谁同？说著西池③满面红④。

赏评

　　春风徐来，吹拂着绽开的花朵。她天天漫步在宫苑中的花木之间，恰巧在柳絮飘飞的地方与他相逢。她脸上带着笑意，心中充满着喜悦。回去的路上野草茂盛嫩绿。她的家就在秦楼的偏东处。睡醒了，喝醉了，便涌起了无限心事：谁与我一样，一说到西池就会满面羞红呢？这首词以花喻人，描写女子的心事，表现出她可爱动人的情态。

---

① 柳绵：柳絮。
② 草茸茸：青草嫩绿茂盛。
③ 西池：金明池。
④ 满面红：形容人满脸羞红。此处指东风将落花柳絮吹到了西池边上，是"嫁与东风"的过程，意味着女子想到了嫁人的心事，因此满面羞红了。

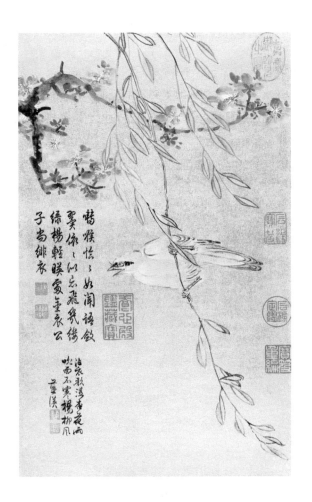

〔明〕蓝瑛《花鸟册》（局部）

又

　　花落未须悲。红蕊明年又满枝。惟有花间人别后，无期。水阔山长雁字迟。　　今日最相思。记得攀条①话别离。共说春来春去事②，多时。一点愁心入翠眉。

赏评

　　花儿落了不要伤悲，等到明年春天又是红花满树。只有那花间别离之人，相聚遥遥无期，山长水远，连书信也难收寄。今天最是相思情重，记得当年相同的日子，你我折柳话别。一起说着春天相聚又离别的事儿，说了好久好久。那一点点愁绪已沁染了眉间。这是一首离别相思之词，上阕写分别后企盼相聚的心情，下阕回忆分别时的情形。

---

① 攀条：攀折柳枝。古人有折柳送行的习俗。
② 春来春去事：春来指聚会，春去指离别。

又

何处别时难？玉指偷将粉泪弹。记得来时楼上烛，初残。待得清霜①满画阑。　　不惯独眠寒。自解罗衣衬枕檀。百媚也应愁不睡，更阑②。恼乱心情半被闲③。

 赏评

在何处离别不难过呢？纤纤玉指偷偷地擦着盈盈粉泪。记得送别归来时，楼上烛火微弱，刚刚燃尽。我一直静待着直到皓月西沉，如霜的月光洒满栏杆。不习惯独自于寒夜入眠，解下罗衣放在枕边做伴。做出了千娇百媚的姿态也应不愁入睡，可是直到天光将晓仍未睡着。忍不住气恼烦乱而埋怨被子闲了半边。这是一首离别相思之词。夏敬观批语："'阑'字重韵异解。宋人词前后阕不避重。"

---

① 清霜：指月光。
② 更阑：更鼓将尽，天光欲晓。
③ "恼乱"句：化用唐李白《清平乐·烟深水阔》"夜夜长留半被，待君魂梦归来"的词句。

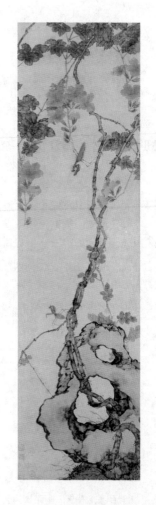

〔清〕居廉《花卉四屏》（局部）

又

画鸭①懒熏香。绣茵②犹展旧鸳鸯。不似同衾愁易晓，空床。细剔③银灯怨漏长。　　几夜月波④凉。梦魂随月到兰房⑤。残睡觉来人又远，难忘。便是无情也断肠。

赏评

鸭形香炉里懒得燃香。绣被铺开，上面还是那对鸳鸯。当初同眠之时，只怨天光易晓。如今独卧空床，细挑银灯，抱怨漏声悠长。有多少个夜晚，月色凉如水。梦到了他随着月色来到房中。可惜残梦易醒，睁开眼才发觉那人离得更远了。美梦难忘，纵是无情之人也得断肠吧。这是一首离别相思之词。

---

① 画鸭：有图案装饰的鸭形香炉。
② 绣茵：垫子、褥子。泛指被褥之类的卧具。
③ 剔：剔灯，挑灯，指清除掉燃枯的灯芯。
④ 月波：形容月光如水。
⑤ 兰房：指闺房。因室内焚兰麝之香，故称兰房。

又

眼约^①也应虚，昨夜归来凤枕孤。且据如今情分里，相于^②。只恐多时不似初。　　深意托双鱼。小剪蛮笺^③细字书。更把此情重问得，何如。共结因缘久远无。

赏评

眉目之约也是虚妄。昨夜回来后，依旧孤单地枕着凤枕。现在看来情分还是趋于相厚的，只怕再过一段时间就不如从前了。将自己的一番深情厚谊托付给鱼儿，剪裁好信笺，用小字写好书信。更把彼此的情重新问清楚，到底怎么样？两人共结连理会很久远吗？这首词描写一位恋爱中女子的心理活动。俞陛云《唐五代两宋词选释》："反复诘问，惟恐历久寒盟，写情入深细处。人谓小山之词，'字字娉娉袅袅，如揽嫱施之袂'，此等句足以当之。"

---

① 眼约：通过眉目传情而约好，犹目成。
② 相于：相厚、相亲近。
③ 蛮笺：彩色笺纸，又称蜀笺。宋韩溥《以蜀笺寄弟泊（jì）》："十样蛮笺出益州，寄来新自浣溪头。"

又

新月又如眉①。长笛谁教月下吹②。楼倚暮云初见雁，南飞。漫道行人雁后归。　　意欲梦佳期。梦里关山路不知。却待短书③来破恨，应迟。还是凉生玉枕时。

又到了新月如眉之时，是谁在月下幽幽地吹着长笛？独倚高楼，暮云中初见征雁南飞。不要说大雁归去人便归来的话。想要在梦中约定相会之期，可关山路漫漫，竟无路可寻。只好等着那简短的书信寄来，以解离恨。可是信来得太慢，凄凉依旧从枕旁生出来了。这首词极尽相思之情，写女子盼夫君归来，后空等来信，层层转折，层次分明。清先著、程洪《词洁》："小词之妙，如汉魏五言诗。其风骨兴象，迥乎不同。苟徒求之色泽字句间，斯末矣。然入崇、宣以后，虽情事较新，而体气已薄，亦风气为之，要不可以强也。"

---

① "新月"句：新月初生，弯如细眉。唐王涯《秋思赠远二首·其一》："不见乡书传雁足，唯看新月吐蛾眉。"
② "长笛"句：化用唐杜牧《题元处士高亭》"何人教我吹长笛，与倚春风弄月明"之句。
③ 短书：简短的书信。

清平乐

留人不住，醉解兰舟去。一棹碧涛春水路。过尽晓莺啼处。　　渡头杨柳青青。枝枝叶叶离情。此后锦书①休寄，画楼云雨无凭②。

赏评

　　苦苦留不住他。他酒醉后登上兰舟离去了。小船拨开碧波，行驶在春水路上，所过之处尽是黄莺啼叫的声音。渡口处的杨柳郁郁青青，一枝一叶都饱含着离情。从此以后休要寄锦书以诉衷情，画楼之中的誓约如朝云暮雨般变化无常，不可信赖。这是一首送别词，送者有意，而别者无情。清周济《宋四家词选·目录序》："结语殊怨，然不忍割。"清陈廷焯《词则·别调集》："怨语，然自是凄绝。"

---

① 锦书：书信。南北朝时苏若兰织锦为字成回文诗，寄给丈夫窦滔。后世泛称书信为锦书。
② "画楼"句：暗用楚襄王梦会巫山神女的典故，指画楼中人如朝云暮雨变化无常，不可信赖。

又

千花百草，送得春归了。拾蕊①人稀红渐少。叶底杏青梅小。　　小琼闲抱琵琶。雪香②微透轻纱。正好一枝娇艳，当筵独占韶华③。

赏评

花繁草茂，春天已然归去。赏花的人渐渐少了，落红也少了，绿叶底下杏子青青、梅子尚小。小琼闲来无事，抱着琵琶弹奏。她肌肤胜雪，香味透过轻纱衣衫，微微飘散出来。恰如一枝娇艳的花朵，在酒宴之上独占韶华，风光无比。这首词赞美了歌女小琼。

---

① 拾蕊：指赏花。
② 雪香：指肌肤如雪，香气易散。
③ 韶华：春光、春景。宋韩维《太后阁》：“迎得韶华入中禁，和风次第遍神州。”

〔宋〕 马远《倚云仙杏图》（局部）

又

烟轻雨小。紫陌①香尘少。谢客②池塘生绿草。一夜红梅先老。　　旋题③罗带新诗。重寻杨柳佳期。强半春寒去后，几番花信④来时。

赏评

轻烟袅袅，细雨微微，路上的花尘少了许多。池塘边已长满了碧绿的春草。一夜之间，红梅花已凋零了。即刻在罗带上题写了新诗，以追寻柳下相会的美好时光。当春寒去后，几番花信风吹拂之时，离别相思之情更难排解了。这是一首伤春惜别的词。

---

① 紫陌：京城的道路。唐刘禹锡《元和十年自朗州承召至京戏赠看花诸君子》："紫陌红尘拂面来，无人不道看花回。"
② 谢客：指南朝诗人谢灵运，他的《登池上楼》诗中有"池塘生春草"的名句。
③ 旋题：即刻题写。
④ 花信：指花开的消息。也指花信风，即花开季节刮起的风。

又

可怜①娇小。掌上②承恩早。把镜不知人易老。欲占朱颜长好。　　画堂秋月佳期。藏钩③赌酒归迟。红烛泪前低语，绿笺花里新词。

 赏评

　　她娇小可爱，轻盈善舞，很早就得到了主人的喜爱。照着镜子时，不知道人容易老，希望这容颜一直美好。画堂被明朗的秋月相照，又是相聚之时，藏钩赌酒的游戏玩得不亦乐乎，回来便晚了。独对着滴泪红烛默默低语，在华美的绿笺纸上写下了新得的小词。这首词上阕描写歌女早年得意尽欢、无忧无虑的情形；下阕写歌女现状，低语填词，以寄托愁苦。

---

① 可怜：可爱。
② 掌上：指掌上舞，比喻舞女体态轻盈。《白孔六帖》："赵飞燕体轻能为掌上舞。"
③ 藏钩：古代游戏，以一钩辗转藏于数人之手，猜中者为胜。李白《宫中行乐词八首·其六》："更怜花月夜，宫女笑藏钩。"

〔清〕 冷枚《梧桐双兔图》（局部）

又

红英落尽。未有相逢信。可恨流年凋绿鬓。睡得春酲[①]欲醒。　　钿筝曾醉西楼。朱弦玉指梁州[②]。曲罢翠帘高卷，几回新月如钩。

赏评

　　繁花凋零，春天已去，尚没有再次相逢的消息。最可恨光阴如梭，鬓发已白。一阵儿昏睡之后，春酲也有些清醒了。遥想当年曾在西楼欢聚酒醉，纤纤玉指挑动筝弦，弹奏了一曲《梁州》。曲终人散，翠帘高高卷起，已不知道月亮有多少次弯细如钩了。这是一首离别相思之词，上阕写离别之苦，下阕回忆欢聚情景。

---

① 酲（chéng）：酒醉。
② 梁州：曲调名。

又

春云绿处。又见归鸿去。侧帽①风前花满路。冶叶倡条②情绪。　　红楼桂酒新开③。曾携翠袖同来。醉弄影娥池水，短箫吹落残梅。

赏评

在春天浓厚的云彩中，又看到一行春雁北归了。春风吹斜了帽子，落花纷纷，香满小路。只见花木娇艳，枝叶含情，让人有了听歌买醉的念头。红楼里酿制的桂花美酒新拆了泥封。我曾携带着佳人前来聚会品酒。她喝醉后在水边翩翩起舞，水中摇曳着她的身影。短笛声声，吹得梅花飘落了。这首词描写的是春日冶游的场景。

---

① 侧帽：帽子倾斜，意谓风力不大，仅能将帽子吹斜，也形容洒脱不羁的风度。宋范成大《清明日狸渡道中》："洒洒沾巾雨，披披侧帽风。"
② 冶叶倡条：杨柳枝条繁茂，也指代歌女。
③ 新开：指酒坛子刚拆开泥封。

又

波纹碧皱。曲水清明后。折得疏梅香满袖。暗喜春红依旧。　　归来紫陌东头。金钗换酒①消愁。柳影深深细路，花梢小小层楼。

水面波纹澄碧，泛起了涟漪。清明节后，沿着曲曲折折的溪水，折得几枝疏梅，香满衣袖。心中暗喜，春花依旧灿烂。从阡陌小路的东头归来，拿金钗换取了美酒，借以消愁。柳荫浓密，树影斑驳地落在小路上。花朵含苞待放，一丛丛簇拥着高楼。这是一首春日冶游之词。俞陛云《唐五代两宋词选释》："上阕'梅香'二句，喻暗喜彼姝之仍在。下阕'细路''层楼'二句，将其居处分明写出，其中人若唤之欲应也。"

---

① 金钗换酒：用贵重的饰物抵酒资。

又

　　西池烟草。恨不寻芳早。满路落花红不扫。春色渐随人老。　　远山眉黛娇长。清歌细逐霞觞。正在十洲①残梦，水心宫殿②斜阳。

赏评

　　西池边上的青草笼罩着如烟雾般的水汽。恼恨自己不早早出来踏春寻芳，只看到满地落花，无人打扫。这春色随着观赏之人渐渐增多而消逝。佳人们画着细长动人的远山眉。聆听着她们美妙的清歌，细细地品味着流霞美酒。正觉得梦入了十洲仙岛之中，湖中屋舍已笼罩在斜阳之下了。这首词描写了游园听歌、饮酒的闲散生活。俞陛云《唐五代两宋词选释》："前六句为春暮访艳，后二句，十洲宫殿，忽托思在仙灵境界，为此调十八首中清超之作。"

---

① 十洲：传说八方巨海之中有十个洲，为神仙之所居。
② 水心宫殿：建筑在湖水中心的华屋精舍。

〔宋〕 佚名《秋渚文禽图》（局部）

又

蕙心①堪怨。也逐春风转。丹杏墙东当日见。幽会绿窗题遍。　　眼中前事分明。可怜如梦难凭②。都把旧时薄倖③，只消今日无情。

赏评

　　她的芳心承受着怨恨，随着徐徐春风的到来而改变。回想起见面当日，正在院墙东面、红杏之下。自从相会之后，绿窗上渐渐题满了新词。往日相爱的点点滴滴，清清楚楚地呈现在眼前，可惜都像梦一样让人难以相信。只好把当时我的薄情行为，和今日他的无情相抵消了。这首词描写了一个失宠女子的哀怨。

---

① 蕙心：女子的心意。蕙，蕙兰。
② 凭：依据，相信。
③ 薄倖：薄情，无情。倖，宠爱。

又

　　幺弦①写意。意密弦声碎。书得凤笺②无限事。犹恨春心难寄。　　卧听疏雨梧桐。雨馀淡月朦胧。一夜梦魂何处，那回杨叶楼③中。

赏评

　　她抚弄着琴弦，抒发着心中情意。情意越浓，弦声越细碎。展开精美的凤笺，书写着心中无限的心事，犹自恼恨这颗芳心难以寄送。静卧于床，听着稀疏的雨滴打着梧桐叶。雨过之后，淡淡月色照进了窗内，一片朦胧。一夜幽梦，身在何处呢？仿佛又回到了那绿杨环绕的小楼中。这是一首怀人之词。张草纫《二晏词笺注》："'幺弦'二句，听女子的琵琶声，似含有情意，引起了自己的情思，犹《临江仙》词'琵琶弦上说相思'也。"

---

① 幺弦：琴上的小弦，声音清脆高亢。
② 凤笺：带有凤鸟花纹的信纸。
③ 杨叶楼：借指女子居处。唐李昂《从军行》："杨叶楼中不寄书，莲花剑上空流血。"

〔清〕 阙岚《梧桐白头图》（局部）

又

笙歌①宛转，台上吴王宴②。宫女如花倚春殿。舞绽缕金衣线。　酒阑画烛低迷，彩鸳惊起双栖。月底三千绣户，云间十二琼梯。

耳闻得歌声悠扬，乐曲婉转。那是吴王夫差在姑苏台上举办盛宴。如花朵般艳丽的宫女们站满了殿台。舞女们蹁跹起舞，跳得金缕衣都绽裂了。已是夜阑更深时分，烛火摇曳着微弱的光芒。成双成对栖息的鸳鸯被惊醒了。原来月色之下，一群群宫女从这里经过，朝着鳞次栉比的亭台楼阁走去了。这是一首咏史之词，描写吴王夫差的奢靡生活，寓含着王朝兴衰的感叹。

---

① 笙歌：泛指歌乐。
② "台上"句：吴王夫差在姑苏台上设宴。台上，姑苏台上。唐李白《乌栖曲》："姑苏台上乌栖时，吴王宫里醉西施。"

又

暂来还去，轻似风头絮。纵得相逢留不住。何况相逢无处。　　去时约略①黄昏，月华却到朱门。别后几番明月，素娥②应是消魂。

赏评

　　人生聚散，来来去去，好似风吹柳絮一般，飘忽不定。纵然是相逢了，也留不住他，更何况还没有相逢的机缘。离别之时大约在黄昏时分。还依稀记得月光照到了朱门。分别之后，明月几度圆缺，料想月中的嫦娥也如我一般黯然神伤吧。这首词诉说了离别相思之情。俞陛云《唐五代两宋词选释》："先言无处相逢，似已说尽矣。后段托明月以见意，纵不相逢，而相思仍无既。真善写情者。"

---

① 约略：大约，难以明确判断。
② 素娥：嫦娥。唐韦庄《夜景》："欲把伤心问明月，素娥无语泪娟娟。"

〔明〕周之冕《四时花鸟图》（局部）

又

双纹彩袖，笑捧金船酒。娇妙如花轻似柳，劝客千春长寿。　　艳歌更倚①疏弦，有情须醉尊前。恰是可怜时候，玉娇②今夜初圆。

赏评

女子彩袖翩翩，含笑捧着一个倒满美酒的船形金杯。她娇美如花，兼具弱风扶柳的身姿，唱着千春长寿的祝酒词劝客饮酒。这艳丽的歌声紧紧和着琴弦的拍子，动了情的人肯定会醉倒在酒杯前。恰恰可喜的是，今夜的明月刚刚圆了。这是一首劝酒之词。

---

① 倚：指按照曲谱歌唱。
② 玉娇：原指貌美如花的女子，引申为月中仙子。此处指月亮。

又

寒催酒醒，晓陌飞霜定。背照画帘残烛影，斜月光中人静。　　锦衣才子西征，万重云水初程。翠黛倚门相送，鸾肠①断处离声。

赏评

　　夜里的寒气让人从醉酒中醒来。清晨的小路上落满了秋霜。背对着画帘，看着残烛之影摇曳。一钩弯月洒下淡淡月光，人安静无语。他一身锦衣，准备西行了。这一路怕是相隔着万重云水。佳人倚着门依依相送，那琴弦奏到哀感的离声时乍然而断。这是一首别后相思之词。

---

① 鸾肠：指用鹍（kūn）鸡等的肠所制的琴弦。

又

莲开欲遍，一夜秋声转。残绿断红香片片，长是西风堪怨。　　莲愁①家住溪边，采莲心事年年。谁管水流花谢，月明昨夜兰船。

赏评

　　荷花遍开，一池鲜红，可是一夜之间，秋风乍起，荷叶凋残，荷花凋零，花瓣片片飞落。此情此景，怎么不让人怨恨西风呢？家住在溪边的采莲女，年年采莲，年年心事重重。谁会注意这水流花谢之事呢？是昨夜明月下，那乘坐画舫夜宴的贵公子们吗？这首词描写采莲女子的日常，感叹青春易逝。俞陛云《唐五代两宋词选释》："下阕言流水落花，最是无情有恨，而夜月兰船，嬉游自若，徒使采莲人年年惘怅，莫愁之愁，殆与春潮俱满矣。"夏敬观批语："抵过六朝人一篇《采莲赋》。"

---

① 莫愁：女子名，此处指采莲女。

〔明〕 周之冕《四时花鸟图》（局部）

又

沉思暗记，几许无凭事。菊厴开残秋少味，闲却画阑风意①。　　梦云归处难寻，微凉暗入香襟。犹恨那回庭院，依前月浅灯深。

赏评

　　静静地沉思着，想起了一些往事，但不那么真切了。菊花凋残，秋天就少了些意味。庭院里显得一片落寞。夜里难以入眠，好梦难寻。一阵阵凉意侵入襟怀。犹恨那次庭中欢聚，依稀记得惨淡的月光和摇曳的烛影，其他都模糊了。这是一首感怀悲秋之词。

---

① 风意：风流意味。

又

莺来燕去，宋玉墙东路①。草草幽欢能几度，便有系人心处。　　碧天秋月无端②，别来长照关山。一点恹恹③谁会，依前凭暖阑干。

赏评

黄莺飞来，燕子飞去，时光过得飞快。那貌美多情的女子呀，这短暂匆忙的欢聚能有几回？恐怕只有真情才能系住人心。晴空之上，秋月高悬，无缘无故在分别后长照着关山。谁会有一点点困倦萎靡之感呢？倚栏遥望，回想从前，那冰冷的栏杆也变暖了。这是一首离别相思之词。

---

① 宋玉墙东路：典出战国辞赋名家宋玉《登徒子好色赋》，此处指貌美多情的女子。墙东，指宋玉东侧的邻居家，即美女所居之处。
② 无端：无缘无故。
③ 恹恹：心情忧郁，精神萎靡。唐刘兼《春昼醉眠》："处处落花春寂寂，时时中酒病恹恹。"

〔明〕 陈洪绶《花鸟精品册》（局部）

又

　　心期①休问，只有尊前分。勾引行人添别恨，因是语低香近。　　劝人满酌金钟，清歌唱彻还重。莫道后期无定，梦魂犹有相逢。

赏评

　　不要问有什么期许或愿望，眼前只有杯酒送别。只因为她细语交谈，香意熏人，惹得宦游之人添了离别之恨。劝人斟满酒杯，清丽的歌曲唱罢又唱了一遍。莫要说后会无期那样的话，梦里面尚有相逢之时呀。这首词主要描写离别之宴。

---

① 心期：期许，愿望。唐白居易《寄王质夫》："因话出处心，心期老岩壑。"

木兰花

秋千院落重帘暮，彩笔①闲来题绣户。墙头丹杏雨馀花，门外绿杨风后絮。　　朝云信断知何处，应作襄王②春梦去。紫骝③认得旧游踪，嘶过画桥东畔路。

赏评

黄昏时分，院子里秋千静立，重重帘幕低垂。闲来无事在华丽的门上挥笔题诗。墙里娇美的佳人犹如雨后凝露的杏花，门外游子好似随风飘舞的柳絮。音讯断了，那人犹如朝云散去，不知身在何处了。我应该像楚襄王梦会神女那样，梦里寻觅她的踪影。紫骝马还认得往日游玩时走过的路，嘶叫着跑过了画桥东边的路。这是一首故地重游、回忆往事的词。明沈际飞《草堂诗余正集》："'雨馀花，风后絮''入江云，粘地絮'，如出一手。"清沈谦《填词杂说》："填词结句，或以动荡见奇，或以迷离称隽，著一实语，败矣。康伯可'正是销魂时候也，撩乱花飞'、晏叔原'紫骝认得旧游踪，嘶过画桥东畔路'、秦少游'放花无语对斜晖，此恨谁知'，深得此法。"

---

① 彩笔：指文笔富丽。
② 襄王：楚襄王。
③ 紫骝：紫红色良马。

又

小鬟若解愁春暮，一笑留春春也住。晚红初减谢池花，新翠已遮琼苑路。　　溅裙①曲水曾相遇，挽断罗巾容易去。啼珠②弹尽又成行，毕竟心情无会处。

赏评

小鬟若想解除因春天就要归去而心生的愁绪。那么，她只需嫣然一笑，就可以把春天留住了。谢家池塘边最晚盛开的花也逐渐凋零，新嫩的绿叶已遮挡住了琼苑中的道路。你在曲水之畔洗衣时，曾与你相遇。哪怕是拧断了丝帕，也还是轻易地离别。泪珠擦干了又成行流下来，那时的心情又有谁能够体会呢？这首词写的是伤春恨别。

---

① 溅（jiān）裙：古代一种习俗。农历正月元日至月晦，女子洗衣于水边，以避灾祸。溅，洗涤，沾湿。
② 啼珠：泪珠。唐元稹《月临花》："夜久清露多，啼珠坠还结。"

〔清〕 郎世宁《仙萼长春图册之紫白丁香图》（局部）

又

小莲未解论心素①，狂似钿筝弦底柱。脸边霞散酒初醒，眉上月残人欲去。　　旧时家近章台住，尽日东风吹柳絮。生憎②繁杏绿阴时，正碍粉墙偷眼觑③。

赏评

小莲尚年轻，还不懂得情爱之事。她的性格好似筝弦高昂激越的音色一样狂放。她脸上的红晕散去，醉酒初醒，弯弯如月的眉毛有些残损了，人也要离开了。以前她的家在章台附近，春风吹时，整日都弥漫在飞舞的柳絮中。生来就厌恶杏子青青枝叶茂盛的时节，妨碍自己隔着墙头偷看外面的世界。这首词描写了小莲的"狂"态，刻画了一位天真烂漫而又妩媚风流的少女形象。

---

① 心素：心中情愫。素，真情，诚意。唐李白《寄远十二首·其八》："两不见，但相思。空留锦字表心素，至今缄愁不忍窥。"
② 憎：厌恶，憎恨。
③ 觑：偷看，窥视。

又

风帘向晓①寒成阵，来报东风消息近。试从梅蒂紫边②寻，更绕柳枝柔处问。　　来迟不是春无信，开晚却疑花有恨。又应添得几分愁，二十五弦③弹未尽。

凌晨时分，阵阵寒风吹动着帘子。东风来告诉人们春天即将到来的消息。试着先从梅花紫色的花蒂处寻春，再围绕着柔软的柳条处问春。春天来得迟了不是因为春天没有信誉，花开得晚了却怀疑花有恨意。就这样盼春迎春，急切的心中又添了一些愁怨，哪怕二十五弦翻飞齐奏，也弹不尽吧？这是一首迎春盼春的词，从风、花、梅、柳等多方面描写盼春早临的急切心情。卓人月《古今词统》："（'试从'二句）便是七处徵心之法。"

---

① 向晓：临近天明之时。宋赵长卿《南歌子》："向晓春醒重，偎人起较迟。"

② 梅蒂紫边：指梅花紫色的花蒂。

③ 二十五弦：指瑟，瑟有二十五弦。唐钱起《归雁》："二十五弦弹夜月，不胜清怨却飞来。"

又

念奴①初唱离亭宴②，会作离声勾别怨。当时垂泪忆西楼，湿尽罗衣歌未遍。　　难逢最是身强健，无定莫如人聚散。已拚归袖醉相扶，更恼香檀③珍重劝。

赏评

歌女刚开始唱《离亭宴》曲，便被曲中离意勾起了分别时的愁绪。当时泪流满面想起了西楼往事，泪水湿透了罗衣，而她一首歌还没唱完。身强体健极为难得，人聚人散最无定数。豁出去喝个痛快，顶多席散时酒醉相扶而归，只可恨伴随着檀板而歌的人却劝人要多珍重。这是一首离别相思之词。张草纫《二晏词笺注》："'难逢最是身强健'恐非泛泛而言，暗示西楼歌女乃因病而亡。"

---

① 念奴：唐天宝年间歌女，此处泛指歌女。
② 离亭宴：曲牌名。
③ 香檀：带有香气的檀板。檀板，歌唱时用以击节。

又

　　玉真①能唱朱帘静，忆在双莲②池上听。百分蕉叶③醉如泥，却向断肠声里醒。　　夜凉水月铺明镜，更看娇花闲弄影。曲终人意似流波，休问心期何处定。

　　玉真唱歌时，珠帘静静地垂着。此时回想起来，那是在开满并蒂莲花的池上听到的。喝了很多酒，烂醉如泥，却从那令人断肠的歌声里清醒过来。夜里寒凉，月光如水，又似铺开的明镜一般，更能看到那娇媚的花儿在月下摇曳着身影。曲终人散，情意好似流水逐波而去，不要问心中的期许在何处能够实现。这首词描写宴席上饮酒听歌之事。张草纫《二晏词笺注》："此词写在池上饮酒听歌，见月下荷花娇艳而回忆前情，不胜伤感，因而歌曲虽终，而思绪不绝。似为同在南湖采莲的女子而作。"

---

① 玉真：歌女的名字。

② 双莲：并蒂莲花。宋范成大《次韵袁起岩送示郡沼双莲图》："珠渊玉水折方员，涌出双莲照酒边。"

③ 百分蕉叶：喝了很多酒。百分，指量多。唐高骈《广陵宴次戏简幕宾》："一曲狂歌酒百分，蛾眉画出月争新。"蕉叶，浅底小酒杯。宋苏轼《东坡题跋·题子明诗后》载："吾少年，望见酒盏而醉，今亦能三蕉叶矣。"

〔清〕 陈撰《秋荷碧玉图》（局部）

又

　　阿茸十五腰肢好。天与怀春①风味早。画眉匀脸不知愁，殢酒②熏香偏称小。　　东城杨柳西城草。月会花期如意少。思量心事薄轻云，绿镜台前还自笑。

赏评

　　阿茸刚满十五岁，腰肢纤细，风采翩翩，懵懵懂懂地初解风情。描眉化妆，还不知愁的滋味。沉溺于酒色，熏着浓郁的香，偏偏看起来更觉年幼。东城杨柳成荫，西城草色萋萋，月下相会，花间相聚，这样美好的事还比较少。对自己的人生前途思考不多，就如云一般稀薄，尚自对着梳妆镜中的自己欢笑。这首词塑造了一位活泼可爱的年幼歌女形象。

---

① 怀春：指女子思嫁。
② 殢（tì）酒：醉酒，沉湎于酒。

〔清〕 贺清泰《白海青》（局部）

又

初心①已恨花期②晚。别后相思长在眼。兰衾犹有旧时香，每到梦回珠泪满。　　多应不信人肠断。几夜夜寒谁共暖。欲将恩爱结来生，只恐来生缘又短。

赏评

当初心中恼恨花开之晚，相聚亦晚。离别后，心中满是相思，而眼前皆是往事。锦被尚留有旧时的香意，每次梦醒之后都会泪水涟涟。多半不会相信人的愁肠已断。多少个寒夜里，是谁相伴共暖呢？希望来生能够将恩爱之意延续，却又担心来生的缘分更短。这首词表现了相爱之人离别后的相思之情。

---

① 初心：当初的心愿。
② 花期：花开之期，此处指因缘聚合的时期。

减字木兰花

　　长亭晚送。都似绿窗①前日梦。小字②还家。恰应红灯昨夜花。　　良时易过。半镜③流年春欲破。往事难忘。一枕高楼到夕阳。

赏评

　　想起长亭送别之事，好似前日绿纱窗下的梦中出现过。收到了书信，恰恰应了昨天夜里烛爆灯花的喜兆。美好的青春年华容易逝去。你我夫妻分别的岁月久长，春天又要结束了。往事难以忘记，高楼上一觉就睡到了傍晚时分。这是一首伤别忆旧的词。清先著、程洪《词洁》："轻而不浮，浅而不露，美而不艳，动而不流。字外盘旋，句中含吐。小词能事备矣。"俞陛云《唐五代两宋词选释》："由相别而相逢，而又相别，窗前灯影，楼上斜阳，写悲欢离合，情景兼到。"

---

① 绿窗：绿色纱窗，代指闺阁。唐张祜《杨花》："无端惹著潘郎鬓，惊杀绿窗红粉人。"
② 小字：书信小笺。
③ 半镜：半个镜子，比喻夫妻离别。典出乐昌公主与徐德言的故事。

又

　　留春不住。恰似年光无味处。满眼飞英。弹指^①东风太浅情。　　筝弦未稳。学得新声难破恨。转枕花前。且占香红一夜眠。

　　春光难以留住，恰似时光平淡无奇之处。放眼望去，落花缤纷，可恨这瞬间吹过的春风太过薄情了。筝弦没调好，新学的曲子难以表达心中的恼恨。移枕来到花前，姑且独占香红，陪我一夜安眠吧。这是一首惜春之词，感叹春易去且留不住。

---

① 弹指：比喻时间短暂，如同手指弹动的一刹那。

又

长杨①辇路②。绿满当年携手处。试逐春风。重到宫花花树中。　　芳菲绕遍。今日不如前日健。酒罢凄凉。新恨犹添旧恨长。

赏评

长杨宫殿内，御用小路旁，绿意盎然，当年携手同游之处亦是如此。试着跟随春风游赏，又来到了宫苑的花丛之中。赏遍了群花，发现今年的花不如往年的旺盛。饮罢了酒，更觉得凄凉。又新添了愁恨，使得往日未消的愁恨更多了。这首词为伤春之作。

---

① 长杨：秦汉时宫殿名，泛指豪华建筑。
② 辇路：天子车驾所经道路。

泛清波摘遍

催花雨小，著柳风柔，都似去年时候好。露红烟绿，尽有狂情斗春早。长安道。秋千影里，丝管声中，谁放艳阳轻过了。倦客①登临，暗惜光阴恨多少。　　楚天渺。归思正如乱云，短梦未成芳草。空把吴霜鬓华，自悲清晓。帝城②杳。双凤旧约渐虚，孤鸿后期难到。且趁朝花夜月，翠尊③频倒。

赏评

催花早开的春雨细微，使柳吐芽的春风轻柔，一切都像去年一样美好。露珠凝红，轻烟含绿，人人都饱含着狂放之情，早早的于春光里嬉戏游赏。长安道上，秋千影里，丝弦管乐声中，谁放着艳阳天而虚度呢？远游的人登临高处，暗暗怜惜着逝去的时光，心中又有多少怨恨呢？遥望家乡，缥缈迷茫。归家的心绪如行云般凌乱，好梦太短，未能踏上归家的芳草路。在这个凄清的早晨，独

---

① 倦客：长期离乡在外、已感厌倦之人。
② 帝城：都城，指汴京（今河南开封）。
③ 翠尊：翡翠酒杯，泛指华贵的酒具。

自对着镜中的白发，不禁悲从中来。遥望着渺茫的京城方向，以前的约定变得虚妄，日后的期许也难以达到了。姑且趁着这朝花夜月，斟满美酒，多醉几次吧。这是一首倦客思归之词。

〔明〕 陈继儒《梅花双禽卷》（局部）

洞仙歌

春残雨过，绿暗东池道。玉艳①藏羞媚赪②笑。记当时、已恨飞镜欢疏，那至此，仍苦题花信少。　　连环③情未已，物是人非，月下疏梅似伊好。澹秀色、黯寒香，粲若春容，何心顾、闲花凡草。但莫使、情随岁华迁，便杳隔秦源④，也须能到。

赏评

春天残雨过后，池塘边花木枝叶茂盛，光线暗淡。白花暗藏羞怯，红花娇媚带笑。记得当时，自己就怨恨月下欢情太少，哪知到现在，仍苦苦地在花上题诗而收信却少。情思循环往复最是难断，却早已物是人非，月下的疏梅跟你一样美好。淡雅的容色，暗带清冽的香气，灿烂犹如佳人的娇容，像这些闲花凡草会有什么心事呢？但愿莫要让真情随着岁月变换而更改，即便是渺茫难觅的桃花源，也许都能到达。这是一首怀人之词。

---

① 玉艳：白色的花。
② 媚赪（chēng）：娇媚的红花。媚，娇媚，妩媚。赪，红色。
③ 连环：接连不断，循环往复。
④ 秦源：化用东晋陶渊明《桃花源记》的典故，指秦人避世而居的桃花源。

菩萨蛮

来时杨柳东桥①路，曲中暗有相期处。明月好因缘，欲圆还未圆。　　却寻芳草去，画扇遮微雨。飞絮莫无情，闲花应笑人。

赏评

　　杨柳轻拂，沿着桥东小路徐徐而行。相会的地方在曲曲折折的路边隐蔽之处。月亮有意成就好姻缘，欲圆还没有圆。归来时，经过芳草丛，此时下起了细雨，画扇也挡不住。飘飞的柳絮不要那么无情，无聊的花儿应该在嘲笑自己吧。这首词描写初恋少女约会而归的情形。俞陛云《唐五代两宋词选释》："月未十分圆满，情味最长。取喻因缘，小山独能见到。"

---

① 东桥：东边的桥，泛称而非实名。

又

个人①轻似低飞燕，春来绮陌时相见。堪恨两横波②，恼人情绪多。　　长留青鬓住，莫放红颜去。占取艳阳天，且教伊少年③。

赏评

　　她的身姿似比低飞的燕子还要轻盈。春天时，在花红草绿的小路旁，我们初次相见。最可叹那美目流盼之间，带着一些恼人的小情绪。真希望青丝长浓，青春永驻，不让容颜逝去。且抓住这美好时光，不辜负青春年少，快乐地生活吧。这首词描绘的是一对年轻的恋人。

---

① 个人：一种特别指定的说法，这个人或那个人。此处指心上人。
② 横波：指眼睛。目光斜视如水波之横流，故曰横波。
③ 少年：名词动用，年轻。

〔清〕郎世宁《仙萼长春图册之樱桃图》（局部）

又

鸾啼似作留春语，花飞斗①学回风②舞。红日又平西，画帘遮燕泥③。 烟光还自老，绿镜人空好。香在去年衣，鱼笺④音信稀。

赏评

　　黄莺鸣唱着，好似在劝说春天留下来。落花纷飞，突然随着旋风跳起了舞。此时，落日偏西，画帘低垂，遮住了燕子筑的泥窝。春光已然逝去，镜子中的人容颜尚好。衣衫上去年熏的香气依然残存，那远行之人的书信却稀少了。这首词描写了思妇的幽怨之情。

---

① 斗：同"陡"，突然，陡然。
② 回风：旋风。三国魏曹植《吁嗟篇》："卒遇回风起，吹我入云间。"
③ 燕泥：燕子筑巢衔来的泥。
④ 鱼笺：书信。与"鱼素""鱼书"等意思相同。五代和凝《何满子》："写得鱼笺无限，其如花锁春晖。"

又

春风未放花心吐，尊前不拟分明语。酒色上来迟，绿须红杏枝。　　今朝眉黛浅，暗恨归时远。前夜月当楼，相逢南陌头。

 赏评

春风还未吹来，春花含苞待发。离别酒宴上，远行之人始终不肯明确说出归期。酒后的红晕慢慢地浮上了面颊，像是绽开了的红杏花。今晨起床，眉黛轻浅，无心描画，心中恼恨归期太远了。前夜明月当空，正照着小楼，相逢还是在南陌路头。这首词写的是送别情形及别后情思。

又

　　娇香淡染胭脂雪①，愁春细画弯弯月。花月镜边情，浅妆匀未成。　　佳期应有在②，试倚秋千待。满地落英红，万条杨柳风。

赏评

　　她正在雪白的面容上搽着胭脂，精心画成的细眉如弯弯的新月，眉宇间含着一丝春愁。镜中好似见到了花月之情，浅淡的妆也没化成。相会之日肯定会有的，倚靠着秋千架，静静等待。满地落英缤纷，千万条杨柳枝舞弄着春风。这首词描写了年轻女子对"佳期"的祈盼之情。

---

① 雪：比喻肌肤之色。
② 在：语气词，表肯定。唐杜甫《江畔独步寻花七绝句·其二》："诗酒尚堪驱使在，未须料理白头人。"

又

香莲烛下匀丹雪[①]，妆成笑弄金阶月。娇面胜芙蓉，脸边天与红。　玳筵[②]双揭鼓[③]，唤上华茵[④]舞。春浅未禁寒，暗嫌罗袖宽。

香莲正在灯下均匀地涂着铅粉和胭脂。妆成之后，笑着在月下台阶上嬉戏。她娇嫩的面容胜过了盛开的荷花，脸上的红晕好似天边的彩霞。这豪华的盛宴上响起了羯鼓之声，香莲踏上华贵的地毯，翩翩起舞。初春还残留着冬的寒意，她暗嫌春冷，但不得不穿上宽袖罗衣，只为跳舞。这首词描写了舞女香莲酒席前献艺的盛况。

---

① 丹雪：指红色的胭脂和白色的铅粉。
② 玳筵：豪华的酒宴。
③ 揭鼓：疑为羯鼓，唐朝时盛行的一种少数民族的打击乐器。
④ 华茵：华丽的垫子。

〔清〕 恽寿平《山水花鸟图之荷花》（局部）

又

哀筝一弄①湘江曲②，声声写尽湘波绿。纤指十三弦③，细将幽恨传。　　当筵秋水慢④，玉柱斜飞雁。弹到断肠时，春山眉黛低。

赏评

她拨弄着音色哀怨的古筝，弹奏了一曲《湘江怨》。一声声曲调仿佛弹奏出湘水的碧波荡漾之意。她的纤纤玉指，滑过十三根筝弦，细细地传达出心中的幽恨。面对着席间宾客，她清澈如水的目光稍显迟钝。那斜列着的筝柱仿佛斜飞的雁阵一般。弹到最哀伤的那一刻时，她宛如春山一般的两道黛眉，慢慢低垂了下来。这首词描写了歌女弹筝的情形。清黄苏《蓼园词评》："写筝耶？寄托耶？意致却极凄惋。末句意浓而韵远，妙在能蕴藉。"明沈际飞《草堂诗余正集》："'断肠'二句俊极，与'一一春莺语'比美。"

---

① 弄：弹奏。
② 湘江曲：曲名，即《湘江怨》，后人根据舜帝与娥皇女英的故事谱写而成。
③ 十三弦：指筝。
④ 慢：目光迟钝。一作"漫"，指水满而外溢，形容眼波流转。

又

江南未雪梅花白，忆梅人是江南客。犹记旧相逢，淡烟微月中。　玉容长有信，一笑归来近。怀远上楼时，晚云和雁低。

赏评

江南并没有下雪，而朵朵梅花盛开，胜似白雪。忆梅之人是从江南来的客人。依然记得当日相逢，是在轻烟弥漫的淡淡月色下。梅花开放常有音信，佳人露出笑颜，因为远游之人归来的日期更近了。怀念远人时，登上高楼，只看到傍晚的云霞中，雁群飞得很低。这首词是怀人之作。俞陛云《唐五代两宋词选释》："'淡烟微月'句高雅绝尘，人与花合写也。'晚云'句在空际写怀人，旨趣弥永。"

〔清〕余稚《花鸟图册》（局部）

又

　　相逢欲话相思苦，浅情肯信相思否。还恐漫①相思，浅情人不知。　　忆曾携手处，月满窗前路。长到月来时，不眠犹待伊。

 赏评

　　相逢之时，准备诉说离别后的相思之苦。可情谊不深是否会相信相思之情呢？恐怕自己已经相思成灾，那情浅之人还不知道吧。想当初我们携手同游，月光洒满了窗前的小路。因此，每当明月高悬之时，我都无法入眠，只想等着伊人到来。这首词描写了相思之人的一往情深和相思之苦。

---

① 漫：不经心、不在意。唐杜甫《闻官军收河南河北》："却看妻子愁何在，漫卷诗书喜欲狂。"

玉楼春

雕鞍①好为莺花住，占取东城南陌路。尽教春思乱如云，莫管世情轻似絮。　　古来多被虚名误，宁负虚名身②莫负。劝君频入醉乡来，此是无愁无恨处。

赏评

　　喜欢骑着马儿去莺歌燕舞的花丛处游玩，这里的春光占据了城东南陌。任凭春愁乱得如一团行云，也不要理会这轻得像一团柳絮的世态。古往今来，世人多被这虚名耽误了。宁可辜负了这虚名，也不可辜负这春光美景。劝君常常来这醉乡之中，这里无忧无愁也无恨。这首词作者直抒胸臆，坦露了他的心绪与情感。夏敬观批语："清真袭取'人如风后过江云，情似雨馀粘地絮'，较此尤妙。"

---

① 雕鞍：带有雕饰的马鞍。此处代指马匹。
② 身：自身，自己。

又

一尊相遇春风里，诗好似君人有几。吴姬①十五语如弦，能唱当时楼下水。　　良辰易去如弹指，金盏十分须尽意。明朝三丈日高时，共拚醉头扶不起。

赏评

春风宜人，与君相遇，且共饮一杯。像君这样作诗极佳的人有几个呢？歌女青春年少，刚十五岁，她的歌声如弦上乐声，如同楼下的河水缓缓流向远方般余韵悠悠。良辰美景弹指间就会逝去，喝酒时就要放怀畅饮。一直喝到明天日上三竿，直到醉得扶不起来为止。这首词描写了宴席上主人对客人劝酒时的情形。

---

① 吴姬：吴地的美女，是对歌伎舞女的泛称。王昌龄《重别李评事》："吴姬缓舞留君醉，随意青枫白露寒。"

〔明〕 陈洪绶《花鸟精品册》（局部）

又

琼酥①酒面风吹醒，一缕斜红临晚镜。小鬟微笑尽妖娆，浅注轻匀长淡净。　　手挼②梅蕊寻香径，正是佳期期未定。春来还为个般③愁，瘦损宫腰罗带剩④。

　　春风徐来，饮过琼酥酒的小鬟清醒过来。对镜而照，脸上漾着一抹如霞般的酒晕。她微微一笑，尽显妖娆之态；淡妆轻匀，更觉淡雅洁净。她用玉手轻轻摸弄着梅花，独寻香径，正是约会的好时候，却佳期未定。春天来了，还要如此这般悲愁，人瘦了，腰肢纤细了，衣带变得更宽松了。这首词描写了歌女的美貌及内心的苦恼。

---

① 琼酥：美酒名，一作琼苏。也形容女子洁白细润的面容。
② 挼（ruó）：摩挲、摸弄。
③ 个般：如此这般。
④ 剩：引申为宽松之意。

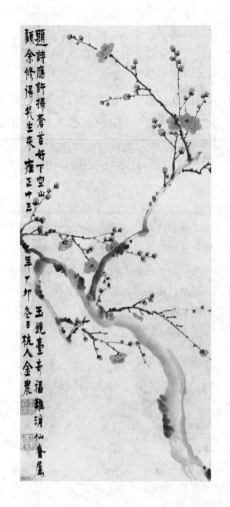

題詩應許掃蒼苔好下空山訪余修禊死生交崔正十三頎年乙卯冬日杭人金農

玉几臺奇福難消仙香属

〔清〕 金农《梅花图轴》（局部）

又

清歌学得秦娥①似，金屋瑶台②知姓字。可怜春恨③一生心，长带粉痕双袖泪。　　从来懒话低眉事④，今日新声谁会意。坐中应有赏音人⑤，试问回肠曾断未。

赏评

她歌声清脆，技艺学得像弄玉一样高超，在秦楼楚馆中颇有名气。可怜平生未能称心如意，脸上常常带有泪迹，双袖常染泪痕。一直懒得向人诉说心中烦扰之事。今天弹奏了新曲子，有谁会知道其中之意？料想在座的听众之中应该有知音之人，试问你可曾因曲中之意而愁肠欲断呢？这首词围绕人物性格展开描写，写出了歌女的生活状况及内心世界。

---

① 秦娥：秦穆公之女弄玉。此处指技艺高的歌女。
② 金屋瑶台：指歌女所居之处。
③ 春恨：此处泛指不如意之事。
④ 低眉事：愁苦忧烦之事。唐白居易《琵琶行》："低眉信手续续弹，说尽心中无限事。"
⑤ 赏音人：知音人。

又

旗亭①西畔朝云住，沉水香烟长满路。柳阴分到画眉边，花片飞来垂手处。　　妆成尽任秋娘妒②，袅袅盈盈当绣户。临风一曲醉朦腾③，陌上行人凝恨去。

赏评

　　朝云家住在旗亭的西边，门前路上常常香烟氤氲、香气弥漫。她眉毛弯弯，如柳叶一般。桃花纷飞，飘落在了手旁。化完妆的她不惧秋娘的忌妒，盈盈弱弱地坐在绣房之中。她于风中高歌一曲，惹得行人驻足陶醉不已，一个个不得不带着遗憾而离开了。这首词描写了歌女朝云的容貌和技艺。明卓人月《古今词统》："极似'红豆啄残，碧梧栖老'一联，于此可参活句。"

---

① 旗亭：酒坊茶肆，悬旗为市招，故称旗亭。
② "妆成"句：化用白居易《琵琶行》中"妆成每被秋娘妒"之句，意思是朝云貌美不担心被秋娘忌妒。
③ 朦腾：犹言朦胧，指迷茫恍惚。

灼灼其華穰
有蕡春園二
月满紅雲輕
綃一幅開生
面何似瀤山
悟志勤

〔清〕《缂丝乾隆御制诗花卉册》（局部）

145

又

离鸾①照罢尘生镜，几点吴霜侵绿鬓。琵琶弦上语无凭，豆蔻梢头春有信。　　相思拚损朱颜尽，天若多情终欲问②。雪窗休记夜来寒，桂酒已消人去恨。

赏评

离别之人久不照镜，上面已落满尘土。乌黑的发间生出了几丝白发。临行之时，琵琶轻弹娓娓诉说的话无凭无据，比不得花木报春的准时守信。那相思之情耗损了佳人的容颜。上天若是有情，也会过问这人间的相思。雪窗不要记着夜里的寒意，桂酒早已排解掉离人远去时自己心中的怨恨。这是一首离别相思之词。

---

① 离鸾：比喻分离的人。
② "天若"句：化用李贺《金铜仙人辞汉歌》中"天若有情天亦老"之句。

又

　　东风又作无情计，艳粉娇红吹满地。碧楼帘影不遮愁，还似去年今日意。　　谁知错管春残事，到处登临曾费泪。此时金盏直须①深②，看尽落花能几醉。

赏评

　　东风又定下了无情的计策，万千花瓣纷纷而落，铺满地面。青楼上帘影重重，遮不住一点愁，还是像去年今日一样，满是伤春意。谁知误管了暮春残红遍地之事，到处登山临水曾流下了多少愁泪。此时此刻，就应该斟满美酒，直把落花看尽，尚能有几回沉醉呢？这是一首惜花伤春之词。唐圭璋《唐宋词简释》："此首伤春，文笔清劲。"陈匪石《宋词举》："小山学《花间》，妙在吞吐含蓄，全不说破。此词为爽利一派，已开慢曲门径矣。"

---

① 直须：尽管，就是要。唐杜秋娘《金缕衣》："花开堪折直须折，莫待无花空折枝。"
② 深：指酒杯斟满。

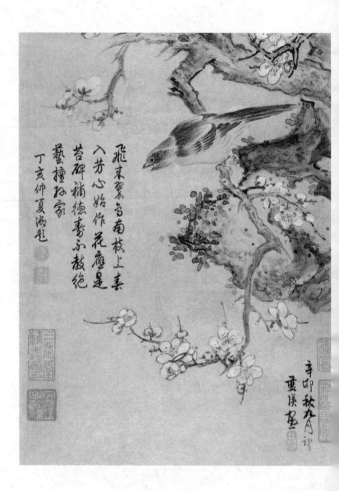

飞来绿鸟南枝上妻

入芳心始作花应是

苦砺補德寿不教绝

艺檀孙家

丁亥仲夏海嶷

辛卯秋九月谨

重溪壐

〔明〕 蓝瑛《花鸟册》（局部）

又

斑骓①路与阳台②近，前度无题初借问。暖风鞭袖尽闲垂，微月帘栊曾暗认。　　梅花未足凭芳信，弦语岂堪传素恨。翠眉饶③似远山长，寄与此愁颦不尽。

　　男子骑着马来到了女子所居之处。上一次没有交谈，这一次才相询问。暖风徐徐，袖中马鞭悠闲地垂着；新月弯弯，曾偷偷地辨认过那翠帘窗户。梅花尚未开放，静等着春天的讯息。弦乐切切，再也引不起那愉悦之情。这眉黛犹如远山之长，恐怕寄托这无尽的愁绪后，也会终日愁眉不展了吧。这是一首怀人的词。

---

① 斑骓：毛色青白斑驳的马。
② 阳台：向阳之台。指男女会晤之地。
③ 饶：尽管，任凭。唐徐凝《奉和鹦鹉》："任饶长被金笼闭，也免栖飞雨雪难。"

又

　　红绡①学舞腰肢软，旋织舞衣宫样②染。织成云外雁行斜，染作江南春水浅③。　　露桃④宫里随歌管，一曲霓裳红日晚。归来双袖酒成痕，小字香笺无意展。

赏评

　　舞女们学跳舞，腰肢十分柔软。她们刚刚织成的舞衣是宫中的新式样，上面织着一行行大雁飞翔于云边，染成宛如江南春水般的浅绿色。露桃宫里，她们随着歌声管乐而翩翩起舞。一曲霓裳舞之后，红日西斜，已是傍晚时刻。归来时，衣袖上带着酒痕，那散发着香意的笺纸也无心展开了。这首词描写了舞女们的生活情况，也反映出了她们的厌倦与无聊之情。

---

① 红绡：人名。此处指舞女。
② 宫样：宫中的式样。唐韩偓《忍笑》："宫样衣裳浅画眉，晚来梳洗更相宜。"
③ "织成"二句：化用唐白居易《缭绫》中"织为云外秋雁行，染作江南春水色"的诗句。
④ 露桃：露桃宫，汉代宫殿名。此处指歌舞表演的场所。

〔清〕 王武《花卉册》（局部）

又

当年信道情无价，桃叶①尊前论别夜。脸红心绪学梅妆，眉翠工夫如月画。　　来时醉倒旗亭下，知是阿谁②扶上马。忆曾挑尽五更灯，不记临分多少话。

赏评

当年相信人们说的真情无价。记得那天晚上的离别酒宴上，歌女桃叶脸上染着红晕，化着梅花妆，细心认真地画好眉黛，看起来犹如弯弯新月。来的时候醉倒在了酒楼旗亭下，不知道是谁扶着我上了马。回忆往事，不时挑弄着灯芯，一直到了五更时分，想不起临分别之时说过的那些话了。这是一首怀人之词。清郭麐（lín）《灵芬馆词话》："咏酒醉之诗，唐人有'不知谁送出深松'，宋人有'阿谁扶我上雕鞍'，皆善于描写。叔原《玉楼春》词云：'当年信道情无价。（略）不记临分多少话。'真能委曲言情。"

---

① 桃叶：人名，晋王献之的侍妾。此处指歌女。
② 阿谁：何人。

又

采莲时候慵歌舞，永日闲从花里度。暗随蘋末晓风来，直待柳梢斜月去。　　停桡共说江头路，临水楼台苏小①住。细思巫峡梦回时，不减秦源肠断处。

赏评

到了采莲时节，女子们不再唱歌跳舞，一整天都在荷花丛里度过。她们迎着晓风来到荷塘中采莲，直到斜月挂上柳梢，才摇着小船归去。她们停下船桨，谈论着江岸边、小路旁临水而建的楼阁，那是苏小小的家。细细思来，楚王于梦中与巫山神女相会醒来时，其相思断肠的程度不亚于桃源难觅吧。这首词描写了采莲女荷塘采莲之事。清陈廷焯《词则·闲情集》："绵丽有致。"

---

① 苏小：苏小小，南齐时钱塘（今浙江省杭州市）名妓。唐韩翃《送王少府归杭州》："吴郡陆机称地主，钱塘苏小是乡亲。"

〔清〕 佚名《顾绣花鸟屏莲池鸳鸯图镜片》（局部）

又

芳年正是香英①嫩，天与娇波长入鬓。蕊珠宫②里旧承恩，夜拂银屏朝把镜。　　云情去住终难信，花意有无休更问。醉中同尽一杯欢，归后各成孤枕恨。

赏评

青春少女犹如鲜花一般娇嫩艳丽，自然雕饰的美目流盼，修眉入鬓。蕊珠宫中曾承受皇恩，夜里拂拭着镶银屏风，清晨擦拭着铜镜。男女之间的情感去留始终令人难以相信。花是否有感情就不要再问了。你我同饮一杯，醉中共欢，归家后却各自孤枕难眠。这首词描写的是歌女对自己身世命运的感叹。

---

① 英：指花朵。
② 蕊珠宫：宫殿名，泛指皇家宫殿。道教中传说为神仙居所。

又

轻风拂柳冰初绽，细雨消尘云未散。红窗青镜待妆梅①，绿陌高楼催送雁。　华罗歌扇金蕉盏②，记得寻芳心绪惯。凤城寒尽又飞花，岁岁春光常有限。

春风轻轻地吹拂着柳枝，河中冰层刚刚融化。细雨纷纷，尘土不飞，云层未散。临窗而坐，对着铜镜梳妆打扮。绿意盎然的小路上高楼林立，催促着雁儿归来。手持着华美绫罗裁成的团扇，唱歌起舞，端着金质蕉叶杯，开怀畅饮。记得游赏美景的心情早已成为习惯。京城的寒意消散了，到处落花纷纷，一年又一年的春光美景也是有时限的。这是一首迎春词，描写盼春之人的心绪活动及变化情况。

---

① 妆梅：化成梅花妆。此处指梳妆打扮。
② 金蕉盏：浅底小型金质酒杯。

阮郎归

粉痕闲印玉尖①纤，啼红傍晚奁②。旧寒新暖尚相兼，梅疏待雪添。　　春冉冉③，恨恹恹，章台对卷帘。个人鞭影弄凉蟾，楼前侧帽檐。

赏评

脸上的粉痕留着纤纤玉指的印迹，她正对着梳妆台悲伤地哭泣。冬寒春暖尚且能相互兼容。梅花稀疏等待着白雪的到来。春天来得太慢了，让人心中带怨，无精打采。人站在卷帘之旁，空望着街道之上。在清冷的月光之下，仿佛有个人停马垂鞭，站在高楼下面，侧戴着帽子。这首词写的是女子对镜自悲、伤春念人的心境。

---

① 玉尖：指女子的手指。
② 晚奁（lián）：晚间梳妆。奁，梳妆用的镜匣子。
③ 冉冉：缓慢的样子。

又

来时红日弄窗纱，春红入睡霞。去时庭树欲栖鸦[1]，香屏掩月斜。　　收翠羽[2]，整妆华，青骊[3]信又差。玉笙犹恋碧桃[4]花，今宵未忆家。

赏评

他回来时，日头已经照在了窗户上。女子还在沉睡之中。外出时，鸦雀纷纷归巢，栖息在庭院中的树上。屏风掩映着，月已西沉。她洗去了描画的眉毛，卸去了脂粉。青骊马没归来，人又无音信。在那玉笙声中，犹自贪恋着美丽的碧桃花。今晚，他又没想着回家。这首词描写了女子怨丈夫离家不归的情形。张草纫《二晏词笺注》："词写闺怨。夫婿一夜未归，回家时已红日当窗，而到黄昏月斜时又出门去了。因此妻子收拾起首饰和化妆品，不再晚妆。'青骊信又差'，谓夫婿又一次失信。末二句点明怨恨的根由：今夜他仍留恋与别的女子寻欢作乐，不想回家。"

---

① "去时"句：化用唐王建《十五夜望月寄杜郎中》中"中庭地白树栖鸦，冷露无声湿桂花"的句意。

② 翠羽：指翠绿色的羽毛，喻指女子的眉毛。魏晋傅玄《有女篇》："蛾眉分翠羽，明目发清扬。"

③ 青骊：毛色纯黑的马。这里指骑马的人。

④ 碧桃：重瓣桃花，即千叶桃。唐郎士元《听邻家吹笙》："重门深锁无寻处，疑有碧桃千树花。"

〔清〕 余稚《花鸟图册》（局部）

又

旧香残粉①似当初，人情恨不如。一春②犹有数行书，秋来书更疏。　衾凤冷，枕鸳孤③，愁肠待酒舒。梦魂纵有也成虚，那堪和④梦无。

赏评

　　旧日残存的香粉芳馥一如从前，人与人之间的情意恨不如往昔。春天时还寄来了几封书信，到了秋天书信就更少了。绣着凤凰的被子冰冷，鸳鸯枕头孤单，满腹愁肠只有酒能宽舒。梦里纵然有相逢也成虚无，怎忍得了连梦都没做成呢。这是一首闺怨词，诉说男子薄情。唐圭璋《唐宋词简释》："此首起两句，言物是人非。'一春'两句，正写人不如之实，殊觉怨而不怒。换头，言独处之孤寂。'梦魂'两句，言和梦都无，亦觉哀而不伤。又此首上下片结处文笔，皆用层深之法，极为疏隽。"张伯驹《丛碧词话》："情意凄婉，不在五代人之下。"

---

① 旧香残粉：旧日残剩的香粉。这里形容自己的容颜。
② 一春：指整个春天，即三个月。
③ "衾凤"二句：衾凤，即凤衾，绣着凤凰的被子。枕鸳，即鸳枕，绣着鸳鸯的枕头。
④ 和：作介词用，连……都……。宋秦观《阮郎归》："衡阳犹有雁传书，郴阳和雁无。"

又

天边金掌①露成霜，云随雁字长。绿杯②红袖趁重阳，
人情似故乡。　　兰佩紫，菊簪黄，殷勤理旧狂③。欲将沉
醉换悲凉，清歌莫断肠。

赏评

　　天边那金铜仙人承接玉露的手掌挂着一层白霜。浮云随
着雁阵的变化而变幻不定。饮着美酒，有佳人做伴，度过了重
阳。人情温厚似在故乡。佩戴着紫色兰花，头簪着黄色菊花，
切切实实地重温往日的狂放。想凭借着一番沉醉忘掉那失意
之伤，就不要唱令人断肠的悲凉曲子啦。这首词描写了重阳佳
节宴席上的感受。清况周颐《蕙风词话》："'欲将沉醉换悲
凉'，是上句注脚。'清歌莫断肠'，仍含不尽之意。此词沉着
厚重，得此结句，便觉竟体空灵。"陈匪石《宋词举》："此在
《小山词》中，为最凝重深厚之作，与其他艳词不同。"

---

① 金掌：承露的金铜仙人。《三辅黄图》载，汉武帝曾于长安建章宫
　　造神明台，立铜柱仙人，手托铜盘玉杯，承接清露，以求成仙。
② 绿杯：指美酒。
③ 旧狂：旧时的狂放之态。

〔清〕 张熊《花卉册》（局部）

又

晓妆长趁景阳钟①，双蛾著意②浓。舞腰浮动绿云浓，樱桃半点红。　　怜美景，惜芳容，沉思暗记中。春寒帘幕几重重，杨花尽日风。

赏评

　　晨起梳妆时，常常伴随着景阳楼的钟声。她着意描画了双眉。腰肢扭动，鬓发乌黑，樱桃小口衬着一点点胭脂红。她既喜爱这春天的景色，又怜惜自己的容颜，心事暗暗藏在心中。春寒料峭，还垂着一层层帘幕，那柳絮却整日都随着春风起舞。这首词写女子晨起梳妆，感叹柳絮逐风、春光易逝。张草纫《二晏词笺注》："此词末二句以景语作结，但景中含情。'春寒'句带有关怀之意，'杨花'句怜其漂泊无依。"

---

① 景阳钟：齐武帝悬钟于景阳楼上，故名景阳钟。后宫之人闻钟声而起身妆饰。
② 著意：在意，留意。

归田乐

　　试把花期数，便早有、感春①情绪。看即②梅花吐。愿花更不谢，春且长住。只恐花飞又春去。　　花开还不语，问此意、年年春还会否。绛唇青鬓③，渐少花前语④。对花又记得、旧曾游处。门外垂杨未飘絮。

　　试着数起了花开的期日，心里早就有了因春而起的情绪。眼看着梅花就要开放了。我希望花儿常开不败，春天也能够长久。只担心花谢了，春天又离去了。花朵开放了，不解人语。试问这种感春之情，每年春天之时还会有吗？那红唇黑发的年轻人，很少在花前细语了。面对着花丛，又想起了往日游赏的乐趣与踪迹。门外杨柳依依，柳絮还不曾飘飞。这首词通篇围绕"花"和"春"展开，是一首惜花感春之词。

---

① 感春：为春而感，即因春而动情。
② 看即：眼看着、很快。
③ 绛唇青鬓：红色嘴唇，黑色鬓角，形容年轻。
④ 语：一作"侣"。

浣溪沙

二月春花厌①落梅，仙源②归路碧桃催。渭城丝雨劝离杯③。　　欢意似云真薄幸④，客鞭摇柳正多才⑤。凤楼人待锦书来。

赏评

　　二月里盛开的春花眷恋着飞落的梅花。从桃花源归来的路上，碧桃花争相开放。渭城细雨蒙蒙，送别之人正劝着远行之人饮酒。这欢会如云聚云散，十分薄情。客人挥着马鞭，摇着柳枝，正文思泉涌吟诗呢。闺阁之中的佳人却盼着书信早点到来。这是一首怀人之词。

---

① 厌：满足，引申为眷恋。
② 仙源：即桃花源。
③ "渭城"句：化用唐王维《送元二使安西》诗意。全诗："渭城朝雨浥轻尘，客舍青青柳色新。劝君更尽一杯酒，西出阳关无故人。"
④ 薄幸：无情，薄情。唐杜牧《遣怀》："十年一觉扬州梦，赢得青楼薄幸名。"
⑤ 多才：指文思泉涌。

又

卧鸭池头小苑开，暄风①吹尽北枝梅。柳长莎②软路萦回。　　静避绿阴莺有意，漫随游骑絮多才③。去年今日忆同来。

赏评

池岸边卧着几只鸭子，一旁的苑囿开放了。春风吹来，吹落了北面那株梅上的花瓣。柳丝纤长，莎草软嫩，小路弯弯曲曲。静静躲在树荫下的黄莺有情有意，那柳絮却漫不经心地随着游人的坐骑到处飘飞。去年的此日，我们一起前来，而今只剩追忆了。这是一首游春忆旧的词。

---

① 暄风：暖风，春风。
② 莎（suō）：莎草。
③ 絮多才：化用晋代才女谢道韫咏絮的典故。

〔清〕 张熊《花卉册》（局部）

又

二月和风到碧城①，万条千缕绿相迎。舞烟眠雨过清明。　妆镜巧眉偷叶样②，歌楼妍曲借枝名。晚秋霜霰③莫无情。

赏评

二月的春风吹到了碧城，千万条嫩绿的柳枝舒展着迎接春天的到来。它们在烟霭中起舞，在春雨中沉睡，如此便过了清明时节。佳人对镜梳妆，巧妙地把眉毛画成了柳叶样式。歌楼上美妙的曲子也是以《杨柳枝》命名的。晚秋之时，希望那霜霰不要太过无情。这是一首咏柳词。刘永济《唐五代两宋词简析》："此词通首咏柳，细味之皆含讽意。"张草纫《二晏词笺注》："此词咏柳，上片即景形容，下片用典赞美，有爱怜之意。"

① 碧城：绿柳笼罩的城郭，或指仙人所居之城。唐李商隐《碧城三首·其一》："碧城十二曲阑干，犀辟尘埃玉辟寒。"
② "妆镜"句：女子对镜梳妆，巧妙地把眉毛画成了柳叶样式。
③ 霰（xiàn）：雪珠，冰粒，冬季降水的一种形态。

又

　　白纻①春衫杨柳鞭，碧蹄②骄马杏花鞯③。落英飞絮冶游天。　　南陌暖风吹舞榭，东城凉月照歌筵。赏心多是酒中仙④。

　　身穿着白纻裁成的春衫，挥着杨柳枝编成的马鞭。骏马的蹄子染上了青草的颜色，鞍鞯上落满了杏花。这落花纷纷、柳絮飞扬的时节真是游玩的好时候。南陌吹来的暖风，吹着舞榭歌台，东城升起的明月，照耀着歌舞盛宴。那些心意欢乐的人多是李白那样的酒中仙呀。这是一首游春之词。

---

① 白纻（zhù）：白色苎麻布制成的衣服。纻，指苎麻，也指苎麻的茎皮纤维织成的麻布，宜制春夏衣服或舞衣。
② 碧蹄：指马蹄子染上了青草的绿色。
③ 鞯（jiān）：鞍鞯，马鞍上的垫子。
④ 酒中仙：善饮且才华出众的人。唐杜甫《饮中八仙歌》："天子呼来不上船，自称臣是酒中仙。"

〔清〕 尤萃《杏花双雉图》（局部）

又

床上银屏①几点山，鸭炉香过琐窗寒。小云双枕恨春闲。　惜别漫成良夜醉，解愁时有翠笺还。那回分袂②月初残。

 赏评

床上摆着小枕屏，上面画着几座山。鸭形香炉的香已熄灭，雕镂的窗户透着春寒。小云倚靠着双枕，恼恨这春日里的闲宵。依依惜别之时，不经意间就在沉醉中度过了那个美好的夜晚。幸好时有书信寄来可以解愁解忧。依然记得那次分别之时，月亮刚刚开始残缺。这是一首离别相思之词。张草纫《二晏词笺注》："此词为思念小云而作，当作于监许田镇时。"

---

① 床上银屏：枕屏，置于床上的小型屏风。
② 分袂：分手，离别。袂，衣袖。

又

绿柳藏乌静掩关^①，鸭炉香细琐窗闲。那回分袂月初残。　　惜别漫成良夜醉，解愁时有翠笺还。欲寻双叶^②寄情难。

赏评

乌鹊躲藏在浓密的绿柳中，她轻轻地关上了门。鸭形香炉散发着袅袅轻烟，雕镂的窗户敞开着。依稀记得那次分别之时，月亮刚刚开始残缺。惜别之时，不经意间就在沉醉中度过了那个美好的夜晚。多亏他不时寄来的书信可以解忧解愁。想要寻找成双成对的叶子寄给他，可是这真情却难寄过去。这首词描写的是离别相思。陈廷焯《词则·闲情集》："（'那回'句）幽怨。"夏敬观批语："此篇当是原作，上一阕为改作。编者两存之。"

---

① 掩关：指关门。唐羊士谔《雨中寒食》："令节逢烟雨，园亭但掩关。"
② 双叶：成双成对的叶子。宋范成大《采莲三首·其一》："折得蘋花双叶子，绿鬟撩乱带香归。"

〔清〕 恽寿平《花鸟册》（局部）

又

　　家近旗亭酒易酤^①，花时长得醉工夫。伴人歌笑懒妆梳。　　户外绿杨春系马，床前红烛夜呼卢^②。相逢还解有情无。

赏评

　　她的家挨着闹市，临近酒坊，买酒很容易。适逢花开之际，时常饮醉。常常陪着他人唱歌说笑，妆容也懒得打扮精致。野外的杨树葱绿，拴着外出游春的少年公子们的马匹。床前红烛高燃，夜里一同玩起了呼卢游戏。再相逢时，还会有这样的情意吗？这首词描写了歌伎的生活。明沈际飞《草堂诗余续集》："不恨无花，不恨无醉，恨无工夫耳。叔原可夸。"张草纫《二晏词笺注》："此词上片写旗亭歌女之生涯，下片写冶游郎的豪兴，分头各自描写。'伴'字、'懒'字、'春'字、'夜'字都用得很恰当而含有深意。"

---

① 酤（gū）：通"沽"，指买酒，打酒。
② 呼卢：一种赌博的方式，类似"掷骰子"。

又

日日双眉斗画长。行云飞絮共轻狂。不将心嫁冶游郎①。　　溅酒滴残歌扇字，弄花②熏得舞衣香。一春弹泪说凄凉。

 赏评

她天天把双眉画得很长很长。看着那行云和柳絮随风而动，一样的轻狂。不想把自己的一颗真心错付给那寻花问柳的浪荡公子。饮酒时溅出来的酒滴晕染了歌扇上的字。拈花弄草时，舞衣上也被熏得香气四溢。这个春天唯有暗中流泪，自我诉说着凄凉。这首词描写歌伎的生活状况及心情自述。清贺裳《皱水轩词筌》："晏几道'溅酒滴残歌扇字，弄花熏得舞衣香'，直觉俨然如在目前，疑于化工之笔。"刘永济《唐五代两宋词简析》："此词乃写一舞伎之内心矛盾，亦即其内心之痛苦。"

---

① 冶游郎：寻花问柳、不务正业的浪荡公子。
② 弄花：持花，玩弄花枝。唐于良史《春山夜月》："掬水月在手，弄花香满衣。"

〔明〕 陈淳《紫薇扇面》（局部）

又

　　飞鹊①台前晕②翠蛾，千金新换绛仙螺③。最难加意为颦多。　　几处睡痕留醉袖，一春愁思近横波。远山低尽不成歌。

 赏评

　　她临镜梳妆，精心地涂抹着脂粉，描着眉黛。花费千金添置了绛仙螺的头饰。只是内心酸楚，还要为难地强颜欢笑。由于沉醉，衣袖上还留着几处睡痕，这一腔愁思都在眼神中表现出来了。眉黛低垂，心中痛楚，已难成曲调了。这首词描写了歌女的生活。

---

① 飞鹊：指镜子。铜镜背面常铸有飞鹊的纹饰，因此而代称。
② 晕：搽匀，涂匀。
③ 绛仙螺：女子使用的头饰。绛仙，指隋朝美女吴绛仙。螺，螺髻。

又

午醉西桥夕未醒，雨花①凄断不堪听。归时应减鬓边青。　　衣化客尘今古道，柳含春意短长亭。凤楼争见路旁情。

赏评

中午在西桥喝醉了酒，一直沉醉到傍晚也没有醒。雨声淅沥不断，凄苦得令人不忍听闻。等归家之时，鬓角已有了斑白之色。长年累月地奔波在旅途之中，衣服上沾满了风尘。官道之上，长短亭边，柳枝青青，散发着春天的气息。凤楼中的人正争相观看路上行人的离别场面。这是一首游子思归之词。明沈际飞《草堂诗余续集》："茌苒。"俞陛云《唐五代两宋词选释》："'客尘'两句感叹殊深。夕阳古道之旁，素衣化缁，攀条惜别者，悠悠今古，阅尽行人，彼高倚凤楼者，蛾眉争艳，浪掷年光，焉有俯仰今昔之怀乎！"

---

① 雨花：雨落砸起水花。此处指雨声。唐李白《登瓦官阁》："漫漫雨花落，嘈嘈天乐鸣。"

〔清〕 李鱓《花鸟草虫图册》（局部）

又

一样宫妆簇彩舟，碧罗团扇自障羞。水仙①人在镜中游。　腰自细来多态度②，脸因红处转风流。年年相遇绿江头。

赏评

佳人们化着同样的宫妆，花团锦簇地站在彩舟之上。她们穿着碧罗衣衫，手持着团扇，自遮着脸上的羞意，仿佛仙子们在镜子中出游。她们细腰纤纤，体态轻盈，风度翩翩，脸色羞红更平添风采。真希望每年都能与她们相遇在绿水渡头啊。这首词写的是彩舟出游的热闹场面。

---

① 水仙：水中仙子，此处指采莲女子。
② 态度：体态风度。

又

已拆秋千不奈闲，却随蝴蝶到花间。旋^①寻双叶插云鬟。　几褶湘裙^②烟缕细，一钩罗袜素蟾^③弯。绿窗红豆^④忆前欢。

 赏评

　　秋千已拆了下来，她耐不住无聊悠闲，追着蝴蝶嬉戏，跑进了花丛间，很快寻到了成双成对的绿叶，插在了发髻上。她身着带褶湘裙，步履轻盈如缥缈的缕缕青烟，脚上穿着罗袜素履，秀美得如一弯明月。望着绿窗前的红豆树，她想起了往日的欢乐时光。这首词描写了一位女子游园赏花的情景。

---

① 旋：立刻，及时。

② 湘裙：湘地所产丝绸制作的衣裙。元杨维桢《走马》："半兜玉镫裹湘裙，不许春泥污罗袜。"

③ 素蟾：明月。素，洁白，引申为明亮之意。蟾，传说月亮上有蟾蜍，因此以蟾代月。

④ 红豆：红豆树，在南方亚热带地区生长，果实呈红色如豆，名红豆，又名相思子，象征着爱情。唐王维《相思》："红豆生南国，春来发几枝。愿君多采撷，此物最相思。"

〔明〕 佚名《花鸟图册》（局部）

又

闲弄筝弦懒系裙，铅华消尽见天真①。眼波低处事还新。　　怅恨不逢如意酒，寻思难值②有情人。可怜虚度琐窗春。

赏评

　　她寂寞无聊地弹弄着古筝，也懒得系上罗裙，脸上的妆容尽除，露出了自然本色。她眼帘低垂，思索着往事，只觉怅恨如刚刚发生。心中惆怅，恼恨自己遇不上遂心如意的事儿，更难以遇上真情实意之人。可惜空对着琐窗，虚度了这美好的青春年华。这首词写的是歌伎自叹身世命运，乃作者代为立言而作。

---

① 天真：指不曾着妆的自然本色。
② 值：遇上，碰到。

又

团扇初随碧簟^①收，画檐归燕尚迟留。靥朱眉翠喜清秋。 风意未应迷狭路，灯痕犹自记高楼。露花烟叶与人愁。

赏评

  天气渐凉，团扇已随着凉席收了起来。画堂上的燕子还滞留在此，没有离去。佳人喜欢这凉爽的秋季，抹红描眉，打扮了一番。沉醉在狭窄的小路上，犹不管秋风的情意。高楼之上仿佛还残存着往日的灯影。花朵凝露，叶片迷蒙，让人也有了一层悲秋的愁绪。这首词写的是闺中离愁。

---

① 碧簟：绿色的竹席。

〔清〕 吴璋《花鸟图册》（局部）

又

　　翠阁朱阑倚处危①，夜凉闲捻彩箫吹。曲中双凤已分飞②。　　绿酒细倾消别恨，红笺小写问归期。月华风意似当时。

赏评

　　翠阁之中，她依偎着高处朱红色的栏杆。夜色微凉，她把玩着彩箫，吹了一首曲子。曲中所歌咏的那对凤凰已分开，各奔东西了。美酒细细地倾倒着，唯有此才能消愁去恨。铺展开红笺，写信去询问情郎的归期。今夜的月色和微风都与当初相别之时相似啊！这是一首离别相思之词。清陈廷焯《词则·闲情集》："小山诸词，无不闲雅。后人描写闺情，大半失之淫冶。此唐、五代、北宋犹为近古。"

---

① 危：高。
② "曲中"句：古曲《双凤离鸾》中所歌咏的一对凤凰已经分飞，各奔东西了。曲，指《双凤离鸾》曲。

又

唱得红梅①字字香，柳枝桃叶尽深藏。遏云②声里送雕
觞。　　才听便拚衣袖湿，欲歌先倚黛眉长。曲终敲损燕
钗梁③。

赏评

那梅花曲唱得珠圆玉润、字字生香。《杨柳枝》《桃叶歌》
等这些歌曲都被深深地隐藏起来。在那响彻云霄的歌声里，端
起了送行的酒杯。才刚刚听到歌声，就忍不住泪流满面，湿了
衣袖；正要歌唱，那修长的眉黛中就先流露出深情。一曲结
束，竟然把合拍击节的燕形玉钗拍断了。这是一首送别之词。
宋吴可《藏海诗话》："秦少游诗：'十年逋欠僧房睡，准拟
如今处处还。'又晏叔原词：'唱得红梅字字香。'如'处处
还''字字香'，下得巧。"

---

① 红梅：这里指带有"梅"字的曲名，如《梅花落》《望梅花》等。
下文中"柳枝""桃叶"也是曲名，即《杨柳枝》《桃叶歌》。
② 遏云：指歌声清亮高亢，能使行云停止飘动。
③ "曲终"句：曲终之时，竟将钗梁击断了。此句套用王敦击缺唾壶
的典故。

〔明〕 陈洪绶《花鸟精品册》（局部）

又

小杏春声学浪仙^①，疏梅清唱替哀弦。似花如雪绕琼筵。　　腮粉月痕^②妆罢后，脸红莲艳酒醒前。今年水调得人怜。

赏评

　　小杏那清脆如春莺鸣叫的歌声模仿着浪仙，如疏梅一样清新舒雅的歌唱取代了那哀伤的调子，似落花飞雪一般环绕在宴席之上。妆罢之后，脸腮上带着淡淡的粉痕，脸有红晕好似艳丽的荷花，又像是醉酒未醒。今年唱的这首《水调歌》让人非常喜爱呀。这首词描写歌女小杏宴席献艺的情况。

---

① 浪仙：一说指唐代诗人贾岛，字浪仙。一说指当时一位歌唱高手的名号。

② 月痕：指女子的妆痕。

又

　　铜虎分符领外台^①，五云深处^②彩旌来。春随红旆^③过长淮。　　千里袴襦^④添旧暖，万家桃李间新栽。使星回首是三台^⑤。

　　他持着兵符，受命出任了外地官职。从京城出发时，队伍旌旗飞扬。连春天也跟着旗帜来到了长淮。从千里之外寄来衣衫，感受着往日的温暖。千家万户在桃李林间新栽了树苗。等你归来之时，一定会升迁的。这首词描写了一位官员外调长淮为官时的情形，并表达了对其归来时升迁的祝愿。

---

① "铜虎"句：铜虎，铜制的虎形兵符。分符，指调动军队。皇帝派兵遣将时，将兵符分开，一半交给将领，一半留在朝廷，故曰分符。领外台，指受命出任外地官职。
② 五云深处：指皇帝所在之地，京都。
③ 旆（pèi）：旗子上的镶边，泛指旗帜。
④ 袴襦（kù rú）：裤子和短衣。
⑤ 三台：三台星。古人以三台喻指三公，三公是古代最高的官位，周代以太师、太傅、太保为三公，汉代以司马、司徒、司空为三公。此处喻指升迁。

又

　　浦口①莲香夜不收，水边风里欲生秋。棹歌声细不惊鸥。　　凉月送归思往事，落英飘去起新愁。可堪题叶②寄东楼。

赏评

　　水边飘来阵阵莲的清香，夜色之下不便采收。水边冒着寒意，夜风透着寒气，渐渐有了秋意。她轻轻哼着船歌，声音很低，没有惊动鸥鸟。月亮升起了，照着归来的水路，她想起了往事。落花纷纷，又让她添了新愁。可叹自己不能将心事题写在红叶上，让它随水漂流而去，传给那个知心的有缘人。这首词描写了一个采莲女子的心中事。夏敬观批语："托兴采莲，无不绝佳。"

---

① 浦口：泛指水边。
② 题叶：指红叶题诗的故事。

〔清〕 佚名《荷花鹭鸶图》（局部）

又

莫问逢春能几回，能歌能笑是多才。露花犹有好枝开。　　绿鬓旧人皆老大，红梁新燕又归来。尽须珍重掌中杯。

赏评

不要问一生能度过多少个春天。能歌能笑才是人应有的才情。秋露之中，也有花儿在枝头盛开。年轻貌美的女子、相识已久的朋友都已老去，正像梁上归来的燕子一样，早已换成新燕了。尽量地珍惜杯中的美酒吧！这是一首感慨岁月如梭，劝人及时行乐之词。

又

楼上灯深欲闭门，梦云归去不留痕。几年芳草忆王孙①。　　　向日阑干依旧绿，试将前事倚黄昏。记曾来处易消魂。

赏评

阁楼之上，烛光渐暗，她准备关闭房门了。从高唐云梦中醒来，梦中之事丝毫记不得了。几年来，芳草几经枯荣，总让人想起远行在外的人。面对着太阳的栏杆依旧泛着绿色，试着将前尘往事诉于黄昏，想起曾经所到过的地方，更令人悲愁。这是一首离别相思之词。

---

① 忆王孙：思念出行在外的人。《楚辞·招隐士》："王孙游兮不归，春草生兮萋萋。"

古林寒雀

古樹雪餘業
卖红寒稚雀
煮夕陽巾誰
如筆應葦袅
字宣出兔卵
勺猫玉

〔明〕 蓝瑛《花鸟册》（局部）

六么令

绿阴春尽，飞絮绕香阁。晚来翠眉宫样，巧把远山学。一寸狂心未说，已向横波觉。画帘遮币。新翻曲妙，暗许闲人带偷掐。　　前度书多隐语，意浅愁难答。昨夜诗有回文，韵险还慵押。都待笙歌散了，记取留时霎。不消红蜡。闲云归后，月在庭花旧阑角。

赏评

绿树成荫时，春天也过去了，柳絮绕着香闺楼阁漫飞。傍晚时，我把眉黛画成宫中流行的远山眉式样。芳心狂乱，却不言语，但眼波中已可察觉出来。彩帘遮得严密，奏着新谱的曲子，美妙动听，暗暗地担心旁人偷听着学了去。上次你写的书信中多用隐语，意思浅显易懂，但我却发愁如何答复。昨夜你惠赠的诗又有回文，用韵太险，我懒得和韵。等笙歌散尽之后，记住留下来等一会儿，不需要持着红烛照明。闲云飘散后，月儿依然照在庭院花丛以及那个栅栏角落里。这首词写女子与意中人约会的情景。明沈际飞《草堂诗余别集》："十韵都可矜许。隐跃。"夏敬观批语："此倒押韵之法，甚峭拔。"

又

雪残风信，悠飐春消息。天涯倚楼新恨，杨柳几丝碧。还是南云雁少，锦字无端的①。宝钗瑶席。彩弦声里，拚作尊前未归客。　　遥想疏梅此际，月底香英②白。别后谁绕前溪，手拣繁枝摘。莫道伤高恨远，付与临风笛。尽堪愁寂。花时往事，更有多情个人忆。

赏评

冬季雪已残，花信风即将刮起，春天的消息慢悠悠地到来了。远在天涯的人呀，倚靠着高楼，又添了新恨，杨柳枝已有了几分绿色。可是南边归来的大雁还是很少，没有书信传来。精美的宝钗、华丽的座席、动听的丝乐声，想必已让他决定做一个不归之客吧。遥想此时的丛丛梅花，在月色之下更加洁白吧。自从离别之后，谁会绕到前溪，亲手拣折一些繁枝呢？不要说站在高楼上眺望时心生伤感且因相距路远而恼恨，把这一切愁绪都付与临风而吹的笛声吧。尽可能忍受这忧愁寂寞，花期与往事，更值得那个多情的人去回忆。这是一首离别相思之词。张草纫《二晏词笺注》："此词为在江南思念疏梅而作。"

---

① 端的：结果，究竟。
② 香英：芳香的花朵。

又

　　日高春睡，唤起懒装束。年年落花时候，惯得娇眠足。学唱宫梅便好，更暖银笙逐①。黛蛾低绿。堪教人恨，却似江南旧时曲。　　常记东楼夜雪，翠幕遮红烛。还是芳酒杯中，一醉光阴促。曾笑阳台梦短，无计怜香玉。此欢难续。乞求歌罢，借取归云画堂宿。

赏评

　　日头已高，她尚在春睡，被唤醒后懒得梳妆。年年落花时节，已养成慵懒晚起的习惯。她新学唱的宫梅词非常好，与器乐伴奏配合得也很好。眉黛低垂时，真让人感到遗憾恼恨，好像唱了一首江南旧时的曲子。常记得在东楼赏夜雪的情景，翠帘低垂，遮挡着红烛。还是贪恋着杯中美酒，喝醉了，时间过得更快。曾嘲笑阳台美梦短促，没办法多怜爱心上人。此情难以再续。只祈求她唱完歌后，能把华美的画堂借给自己住宿一晚。这首词描写了一位歌女的日常生活。

---

① 逐：指乐曲与歌声相逐相随，即伴奏的意思。

更漏子

　　槛①花稀，池草遍，冷落吹笙庭院。人去日，燕西飞，燕归人未归。　　数书期，寻梦意，弹指一年春事②。新怅望，旧悲凉，不堪红日长③。

赏评

　　花圃中的花朵凋落了，池塘边青草茂密，往日一片笙歌的院子冷清起来。你离开的那天，燕子也飞走了，如今燕子回来了，你却没有回来。屈指计算着书信到来的时间，寻觅着睡意。弹指间，一年的春光过去了。怀着新的怅然失望，体味着往日的悲愁凄凉，更不能忍受这红日高照啊！这是一首离别相思之词。

----

① 槛：花圃的围栏，代指花圃。
② 春事：春光，春天。唐王勃《羁春》："客心千里倦，春事一朝归。还伤北园里，重见落花飞。"
③ 红日长：红日高照，时光荏苒之意。

又

柳间眠，花里醉，不惜绣裙铺地。钗燕重，鬓蝉轻，一双梅子青。　　粉笺书，罗袖泪，还有可怜新意。遮闷绿，掩羞红，晚来团扇风。

 赏评

　　游春之际，酣眠于柳林间，醉卧于花丛里，不惜以绣裙铺在地上。燕形钗子沉重，鬓髻如蝉翼般轻盈，上面坠着两颗青青的梅子式样的装饰。铺开粉色信笺写信，罗袖上沾满了泪痕。还有令人惋惜的新愿望。她手持着团扇，可以遮掩苦闷，也可以掩饰羞意，还可以晚来扇风去热。这首词描写少女游春的情景。夏敬观批语："'闷绿'字生。"

〔清〕 吴璋《花鸟图册》（局部）

又

柳丝长，桃叶小，深院断无①人到。红日淡，绿烟晴，流莺三两声。　　雪香浓，檀晕②少，枕上卧枝花好。春思重，晓妆迟，寻思残梦时。

赏评

柳丝纤长，桃叶尚小，深深的庭院里绝对没有人来过。红日淡淡，绿荫里笼罩着漠漠轻烟，突然响起了两三声黄莺的啼叫。她肌肤雪白，透着芳香，眉梢带着淡淡妆晕。枕头上绣的花枝依然娇艳美丽。春日撩起的思绪沉重，晨起无心梳妆，还在痴痴地寻思着残梦中的记忆。这首词描写思妇的孤寂与愁思。俞陛云《唐五代两宋词选释》："前写景，后言情，景丽而情深，《金荃集》中绝妙词也。"清陈廷焯《词则·闲情集》："情余言外，不必用香泽字面。"

---

① 断无：绝对没有。唐李商隐《无题》："曾是寂寥金烬暗，断无消息石榴红。"

② 檀晕：着妆后眉旁的晕色。檀，赭色。宋苏轼《次韵杨公济奉议梅花十首·其九》："鲛绡剪碎玉簪轻，檀晕妆成雪月明。"

又

露华①高，风信远，宿醉画帘低卷。梳洗倦，冶游慵，绿窗春睡浓。　　彩条轻，金缕重②，昨日小桥相送。芳草恨，落花愁，去年同倚楼。

赏评

　　天空高远，风吹辽远，因宿醉而画帘低卷着。梳洗时觉得疲倦，出去游玩又懒得去，躲在绿窗下，春睡正香。彩条衣衫轻盈，金缕衣衫贵重，昨日就在小桥边相送。青青芳草带离恨，纷纷落花亦含愁。去年的这个时候，我们还一同倚楼眺望呢。这是一首伤春怀远之作。清陈廷焯《词则·闲情集》："曰'昨日'，曰'去年'，宛雅哀怨。"

---

① 露华：露珠，引申为天空。一说指清冷的月光。
② 彩条、金缕：皆指华美的衣服。

又

　　出墙花，当路柳，借问芳心谁有。红解笑，绿能颦，千般恼乱春。　　北来人，南去客，朝暮等闲攀折。怜晚秀①，惜残阳，情知枉断肠。

赏评

　　花出院墙，柳生路旁，试问谁有惜花爱柳之心？红花如笑，绿叶似颦，春意千万般扰人心智。北来的行人，南往的客人，朝来暮去轻易地采花折柳。爱惜迟开的花朵，珍惜将落的太阳。深知此情此景令人悲伤而断肠。作者以娼妓的语气写出其命运的悲惨，表达出对她们的同情之心。

---

① 晚秀：迟开的花。一指将要凋零的花。

又

欲论心，先掩泪，零落①去年风味。闲卧处，不言时，愁多只自知。　　到情深，俱是怨，惟有梦中相见。犹似旧，奈人禁②，偎③人说寸心。

赏评

想要倾诉心事，先掩面流起了泪。百花凋零依然是去年的风采。安闲地躺着，不言语时，那愁有多少只有自己知道。情到深处，皆是愁怨，唯有一直梦中相见。依旧如往日，这愁苦让人难以忍受。几时相见了，互相依偎着诉说心中的哀怨。这首词描写女子向情郎诉说心中的委屈之意。

---

① 零落：凋零。
② 奈人禁：言愁苦沉重，够人承受的。
③ 偎：依偎，靠近。唐罗隐《柳》："灞岸晴来送别频，相偎相倚不胜春。"

河满子

　　对镜偷匀玉箸[1]，背人学写银钩[2]。系谁红豆罗带角，心情正著春游。那日杨花陌上，多时杏子墙头。　　眼底关山无奈，梦中云雨空休。问看几许怜才意，两蛾藏尽离愁。难拚此回肠断，终须锁定红楼。

　　对着镜子轻轻擦着眼泪，躲避着他人偷偷地学写书信。心中想着春游之际，是谁采摘了红豆藏在了罗带的角上呢？那天，路上柳絮漫天飞舞，青青的杏子几时伸过墙头？遥望着关山，不见归人，又能如何？梦里与他相会，醒来又已成空。试问这怜才之意有几许呢？紧蹙的双眉间尽是离愁。命运如此，即便难舍愁肠，恐怕也不能离开这孤冷的闺阁了。这首词描写女子愁苦无聊、怨恨却无奈的复杂情绪。

---

① 玉箸：玉石雕成的筷子。此处喻指女子的泪痕。南朝梁刘孝威《独不见》："谁怜双玉箸，流面复流襟。"
② 银钩：形容字劲健有力，代指书法。

又

绿绮①琴中心事，齐纨②扇上时光。五陵③年少浑薄幸，轻如曲水飘香。夜夜魂消梦峡④，年年泪尽啼湘⑤。　　归雁行边远字，惊鸾⑥舞处离肠。蕙楼⑦多少铅华在，从来错倚红妆。可羡邻姬十五，金钗早嫁王昌⑧。

---

① 绿绮：琴名。唐李白《游泰山六首·其六》："独抱绿绮琴，夜行青山间。"

② 齐纨：齐国出产的白绢，常用来制作团扇，因此团扇亦称齐纨。西汉班婕妤《怨歌行》："新裂齐纨素，鲜洁如霜雪。裁为合欢扇，团团似明月。"

③ 五陵：汉代五帝的陵墓，附近所居皆为豪贵之家。唐白居易《琵琶行》："五陵年少争缠头，一曲红绡不知数。"五陵年少，富贵人家的子弟。

④ 梦峡：指楚王梦遇巫山神女的典故。峡，指巫峡。

⑤ 泪尽啼湘：娥皇、女英因舜帝之死哭泣而泪染斑竹，投湘水以殉而为水之神。

⑥ 鸾：指铜镜。古代铜镜背面铸有鸾纹者，称之"鸾镜"。

⑦ 蕙楼：楼前种有蕙兰。

⑧ "可羡"两句：出自唐崔颢《王家少妇》诗，云："十五嫁王昌，盈盈入画堂。自矜年最少，复倚婿为郎。"姬，对女子的称呼。王昌，虚拟人物。

弹着绿绮琴，琴声诉说着心事。轻摇着齐纨团扇，消磨着时光。那些豪贵之家的少年郎多是些薄情人，他们的情意就像水面上飘荡的花香一样轻。每天夜里都梦中相会，醒来悲伤不已；年年如湘妃啼竹，泪流不尽。归雁南飞，摆成了雁阵。铜镜鸾舞，所照皆是愁肠。蕙楼内还有多少佳人在呢？从来都是安排错了归宿，无法掌控自己的命运。真羡慕邻家的女儿，早早地就嫁了人。这首词描写了风尘女子对生活的感受。俞陛云《唐五代两宋词选释》："词言沦落风尘之苦，相逢者皆属薄幸，人但知其梦峡之欢，而不见其啼湘之泪。下阕'铅华''红妆'二句言容华岂堪长恃，老大徒伤，其中亦有特秀者。盈盈十五，早嫁王昌，信乎命之不齐也。"

于飞乐

　　晓日当帘，睡痕犹占香腮。轻盈笑倚鸾台①。晕残红，匀宿翠，满镜花开。娇蝉鬓畔，插一枝、淡蕊疏梅。　　每到春深，多愁饶②恨，妆成懒下香阶。意中人，从别后，萦系情怀。良辰好景，相思字③、唤不归来。

赏评

　　清晨的阳光照在了帘子上，脸上留有睡觉时的枕痕。她倚着镜台，开心地笑着。晕开残红，涂匀宿翠，镜中娇艳的模样犹如花开一般。轻盈的蝉鬓边上，插着一枝淡雅的疏梅。每年到了晚春时节，忧愁怨恨都多了起来，梳妆后也懒得走下台阶。那心上人啊，自从离别后，思念的情绪便时刻萦绕在心上。这良辰美景之下，那饱含着相思之意的书信，迟迟没有到来。这首词描写离别相思。

---

① 鸾台：镜台，置放铜镜的台案。因镜子背面雕有鸾纹，故称鸾台。
② 饶：多。
③ 相思字：指写有相思内容的书信。

愁倚阑令

　　凭江阁，看烟鸿①。恨春浓。还有当年闻笛泪，洒东风。　　时候草绿花红。斜阳外、远水溶溶②。浑似阿莲双枕畔，画屏中。

赏评

　　女子置身江畔楼阁之上，观看着烟雾中飞翔的江鸟，心中恼恨春色已深。想起当年闻笛洒泪的情景，忍不住泪洒东风。此时正是花红草绿的季节。夕阳之下，楼前江水向远方滚滚而去。眼前的景象，好像阿莲那枕屏上的画一般。这首词描写了一个倚栏遥望江景的女子，点出了她心中的愁绪。

---

① 烟鸿：雾气中的鸿鸟。鸿，可能暗指歌女的名字。
② 溶溶：指水流生波的样子。

又

　　花阴月，柳梢莺。近清明。长恨去年今夜雨，洒离亭。　　枕上怀远诗成。红笺纸、小研①吴绫。寄与征人教念远，莫无情。

 赏评

　　夜色颇好，月下花影斑驳，柳间夜莺啼鸣，又近清明时节。一直恼恨去年的这个时候，夜雨连连，你我泪洒离亭。梦中常念远行之人，时有诗成，写在红笺纸、印花吴绫上。准备寄给远行之人，让他想着家中的自己，不要变得无情。这是一首思妇之词，表达了她对远行的丈夫的思念之情。

---

① 砑：此处指压印。

又

春罗薄，酒醒寒。梦初残。攲枕片时云雨事①，已关山。　　楼上斜日阑干。楼前路、曾试雕鞍。拚却一襟怀远泪，倚阑看。

赏评

春罗衣衫轻薄，酒醒后感觉到了寒意。似醒未醒时，倚靠着枕头片刻就梦到了相思之人，他已至边关塞外了。置身高楼之上，倚靠着栏杆，沐浴着落日余晖。楼前的这条路，曾经雕鞍骏马疾驰。甘愿因怀念远方那人而泪洒衣襟，倚栏远望。这是一首描写思妇的词。

---

① 云雨事：引用楚王梦遇巫山神女的典故。此处指自己于梦中与所思之人相会。

御街行

　　年光正似花梢露，弹指春还暮。翠眉①仙子望归来，倚遍玉城珠树。岂知别后，好风良月，往事无寻处。　　狂情错向红尘住，忘了瑶台路。碧桃花蕊已应开，欲伴彩云飞去。回思十载，朱颜青鬓，枉被浮名②误。

赏评

　　时光就像花上面的露水一般容易逝去。弹指之间，已到暮春时节。美丽的仙子盼望人间的情人回来，惆怅中倚遍了宫内玉树。岂知自从别后，良辰美景依旧，可往日相处的痕迹却无处可寻。由于多情而迷恋滚滚红尘，忘了回仙宫的路。碧桃花已完全盛开，花瓣欲随着彩云飞去。回首过去的十年，空消磨了青春，徒被虚名所误。这首词借咏仙子而写离别相思。

---

① 翠眉：指眉毛如翠玉，极其秀美。
② 浮名：虚名。

又

　　街南绿树春饶絮，雪①满游春路。树头花艳杂娇云，树底人家朱户。北楼闲上，疏帘高卷，直见街南树。　　阑干倚尽犹慵去，几度黄昏雨。晚春盘马②踏青苔，曾傍绿阴深驻。落花犹在，香屏空掩，人面知何处③。

赏评

　　街南绿树葱葱，春天之时多柳絮。白絮飘飘，如漫天飞雪落满道路。枝头娇艳的花朵与彩云交相辉映，丛荫里的是朱门大户。在北楼之上，稀疏的帘子卷起时，可以直接看到南街的一切。倚遍了栏杆犹懒得过去。又几度下起了黄昏雨，更未成行。晚春时候，我骑着马徘徊在青苔小径上，也曾来到绿荫深处驻足。落花依旧飞舞，那屏上屏风虚掩，楼中佳人已不知去了何处。这首词描写作者对佳人的眷恋之情。

---

① 雪：形容白色的柳絮。
② 盘马：骑马徘徊。
③ "人面"句：引用崔护"人面桃花"的故事。崔护清明游玩时，路过一家庄户，见一女子倚桃树而立，十分属意。次年再往寻之，已人去屋空。他怅然题诗于扉："去年今日此门中，人面桃花相映红。人面不知何处去，桃花依旧笑春风。"

〔清〕 郎世宁《仙萼长春图册之牡丹图》（局部）

浪淘沙

高阁对横塘，新燕年光。柳花残梦隔潇湘。绿浦归帆看不见，还是斜阳。　　一笑解愁肠，人会娥妆。藕丝衫袖郁金香①。曳②雪牵云留客醉，且伴春狂。

赏评

高楼正对着横塘，新燕归来，又是一年春光。柳絮飘飞，残梦里又遥望着潇湘。碧绿的江水中，看不到归来的船帆，又到了落日之时。微微一笑，化去百般愁肠，人还是会继续梳妆打扮。身着藕白色丝质衣衫，饮着郁金香美酒，衣袖飘飘如雪如云，挽留着客人共图一醉，与主人在这春景中疯狂相伴吧。这首词描写春日宴饮之景。

---

① 郁金香：花卉名，此处是酒名。李白《客中作》："兰陵美酒郁金香，玉碗盛来琥珀光。"
② 曳：摇动，牵引。

又

小绿间^①长红，露蕊烟丛^②。花开花落昔年同。惟恨花前携手处，往事成空。　　山远水重重，一笑难逢。已拚长在别离中。霜鬓知他从此去，几度春风^③。

红花绿叶大小间杂着，十分茂密。那花蕊上凝结着露珠，花丛中弥漫着雾气，这花开花落和从前一样，没什么区别。唯有恼恨这曾经携手赏花之处，良人不在，往事已成空。山高水远，再也难以相逢一笑了。已心甘情愿地沉浸在这别情离思之中。只要看看我两鬓的白发，就能知道他已离开多少年头了。这是一首思妇之词。清陈廷焯《词则·别调集》："缠绵悱恻。"俞陛云《唐五代两宋词选释》："花事依然而伊人长往，重抚霜花衰鬓，当年几度春风，皆冉冉向鬓边掠过，其怅惘可知矣。'花开花落'句与结句'几度春风'正相关合。"

---

① 间：间隔，交错。
② 露蕊烟丛：花蕊上凝着露水，花丛中弥漫着雾气。形容花圃繁密茂盛。
③ 几度春风：刮了几次春风，代指过了几个年头。

〔清〕 郎世宁《仙萼长春图册之虞美人蝴蝶花图》（局部）

又

丽曲醉思仙①，十二哀弦。秾蛾叠柳脸红莲。多少雨条烟叶②恨，红泪离筵。　　　行子③惜流年，鹈鴂④枝边。吴堤春水舣⑤兰船。南去北来今渐老，难负尊前。

赏评

《醉思仙》这动人的曲子经古筝弹奏，亦带哀伤。女子的眉毛描得浓重，好似重叠的柳叶，脸颊上脂色红晕，犹如莲花。多少缠绵的情意化成了恨，使她在离别之筵上悲伤落泪。远行之人珍惜着时光。杜鹃在枝头悲啼。那堤岸处春水荡漾，停靠着兰船。南来北往地游荡，如今人看起来已老了，难以辜负这樽前美酒呀。这首词描写离别相思之情，上片写思妇，下片写游子。张草纫《二晏词笺注》："写歌女在离筵上含泪弹奏送别叔原情景。"

---

① 醉思仙：曲名。
② 雨条烟叶：雨中的柳条，烟雾中的柳叶。形容凄迷的景色。也比喻情意缠绵。
③ 行子：行人，离家之人。
④ 鹈鴂（tí jué）：鸟名，即杜鹃。
⑤ 舣（yǐ）：停船靠岸。

又

　　翠幕绮筵张，淑景[①]难忘。阳关[②]声巧绕雕梁。美酒十分谁与共，玉指持觞。　　晓枕梦高唐，略话衷肠。小山池院竹风凉。明夜月圆帘四卷[③]，今夜思量。

　　翠幕低垂，盛宴举行，良辰美景令人难忘。席上演奏的乐曲动听感人，余音绕梁。这满斟的美酒有谁共饮呢？纤纤玉指端着酒杯劝饮。清晓醒来，回忆起梦中遇佳人相会，略诉衷肠。这小山池院的竹间吹来一阵清风，凉意逼人。明天将是月圆之夜，帘幕四卷，心中所念所想又和今晚一样。这首词描写离别酒宴后对歌女的思恋。

————————

① 淑景：良辰美景。
② 阳关：《阳关曲》，此处泛指乐曲。
③ 帘四卷：四面的帘子都卷起来了。

丑奴儿

昭华凤管①知名久，长闭帘栊。日日春慵。闲倚庭花晕脸红。　应说金谷②无人后，此会相逢。三弄临风③。送得当筵玉盏空。

赏评

她擅长吹奏笛子，且久负盛名。但她时常紧闭帘栊，过着慵懒闲散的日子。闲暇时，站在庭花前，欣赏着如人脸晕红的花朵。应该说自从金谷园中盛宴之后，此次宴会上与她是再相逢。她临风吹奏了三首梅花曲，席上客人听得高兴，连连举杯，把酒都喝光了。这首词描写一位擅长吹奏笛子的女乐工。夏敬观批语："此'说'字是唱作平声，一见便知。"

---

① 昭华凤管：相传为仙家所持的玉笛或玉箫。《晋书·律历志》载："舜时，西王母献昭华之琯，以玉为之。"此处指女子擅长吹奏笛子。"管"与"琯"通用。
② 金谷：金谷园，晋人石崇所建。此处代指园林。
③ 三弄临风：在风中吹了三支曲子。弄，演奏乐器；演奏一支曲子叫作一弄。也指后人据东晋音乐家、将领桓伊所作的笛曲改编的《梅花三弄》。

〔清〕 张熊《花卉册》（局部）

又

日高庭院杨花转，闲淡春风。莺语惺忪①。似笑金屏昨夜空。　　娇慵未洗匀妆手，闲印斜红。新恨重重。都与年时旧意同。

 赏评

日头高高照着庭院，柳絮飞舞，春风无比悠闲恬淡。黄莺的歌声恍恍惚惚，似乎在嘲笑枕屏内除了女子自己外，再无他人。她娇弱慵懒，匀过妆的玉手没有清洗，上面残留着红色印痕。心中新添了一重重恨意，都与往日的缘由一样。这首词描写了一个女子春日慵懒无聊的情态。

---

① 惺忪（xīng sōng）：恍惚，不清醒。

诉衷情

种花人自蕊宫①来，牵衣问小梅。今年芳意何似，应向旧枝开。　　凭寄语，谢瑶台②，客无才。粉香传信，玉盏开筵，莫待春回。

赏评

种花人应是从蕊珠宫里来的。她拉着种花人的衣襟询问梅花之事，今年准备怎么开放呀？应该还是像往年一样开放吧。用殷勤的话语，向瑶台的仙人表达谢意。我没有别的才能。只能靠一身洁白与清香去传达信息，赶紧准备好美酒，举办盛宴吧，不必等到春天到来了。这首词假借仙女与梅花对话，表达一种及时行乐莫负时光的生活态度。张草纫《二晏词笺注》："'客'自指，'客无才'是自谦语，表示自己庸庸碌碌，本来不配与仙女作伴。但仍期盼与其欢饮同乐，不要辜负春光。"

---

① 蕊宫：蕊珠宫，传为仙人所居之宫。
② 谢瑶台：向仙人致意，问候。

又

　　净揩妆脸浅匀眉，衫子素梅儿①。苦无心绪梳洗，闲淡也相宜。　　云态度②，柳腰肢，入相思。夜来月底，今日尊前，未当佳期。

赏评

　　擦干净脸上的宿妆，浅浅地描了一下眉，穿上绣有素色梅花的衣衫。苦于没有心情精装打扮，淡淡雅雅也很合适。她态度自然，细腰如柳，令人一见便陷入相思之中。夜来月下，今日酒樽之前，都算不得佳期呀。这首词描写了一位衣着素雅、妆饰闲淡的思妇。

---

① 儿：语气词。
② 云态度：指态度自然。唐吴融《题兖州泗河中石床》："谪仙醉后云为态，野客吟时月作魂。"

又

渚莲霜晓坠残红，依约旧秋同。玉人团扇恩浅，一意恨西风。　　云去住，月朦胧，夜寒浓。此时还是，泪墨书成，未有归鸿。

赏评

池塘中的秋莲经清霜打过，片片花瓣坠落，依旧如往年秋意一样。佳人将手中团扇收了起来，不由得心中恼恨起秋风来。云飘忽不定，月色朦胧不明，夜里寒意透骨。此时此刻，和泪磨墨写成书信，还是没有归鸿飞来相传递。这首词描写悲秋怀人的心绪。

又

　　凭觞静忆去年秋，桐落故溪头。诗成自写红叶①，和恨寄东流。　　人脉脉，水悠悠，几多愁。雁书不到，蝶梦②无凭，漫倚高楼。

　　端着酒杯，静静地回忆着去年的秋天，桐叶纷纷坠落时，正与故人溪头话别。自己也将心事化诗题写在红叶之上，带着愁恨放在了东流的江水中。人沉默不语，江水悠悠长流，又添几多新愁。收不到书信，梦里与君也难相逢，只能孤独地倚着高楼远望。这首词描写孤独寂寞的相思之苦。

---

① "诗成"句：引用"红叶题诗"的典故。
② 蝶梦：引用"庄周梦蝶"的典故。《庄子·齐物论》："昔者庄周梦为蝴蝶，栩栩然蝴蝶也。"

〔明〕陈洪绶《花鸟精品册》（局部）

又

　　小梅风韵最妖娆，开处雪初消。南枝欲附春信，长恨陇人遥①。　　闲记忆，旧江皋，路迢迢。暗香浮动，疏影横斜②，几处溪桥。

赏评

　　梅的风韵在其妖娆多姿，梅花盛开时冰雪初消。向阳的枝头含苞待放，预报着春天的消息，心恨远行之人路程之遥，无法寄送梅枝。回忆往事，相别江边之日甚久，长路漫漫呀。梅枝在夜风中晃动，疏影在月色下交错，还记得你我曾多少回于溪桥上赏梅吗？这是一首咏梅的词，在描写梅花的同时，抒发了离别相思之情。夏敬观批语："即用当代人诗句入词。"

---

① 陇人遥：指陆凯寄梅给范晔的故事。陇山，在今陕西省陇县。
② "暗香"二句：语出宋林逋《山园小梅》中"疏影横斜水清浅，暗香浮动月黄昏"之句。

又

长因蕙草记罗裙，绿腰沉水熏。阑干曲处人静，曾共倚黄昏。　　风有韵，月无痕，暗消魂。拟将幽恨，试写残花，寄与朝云①。

常常因为看到蕙兰，而想起你的罗裙，系在纤腰上的罗裙经过了沉香熏染，带着淡淡的香意。曲折的栏杆处，人悄然而立，记得曾在这里相伴至黄昏。风有韵味，月色无痕，令人暗销魂。准备把这幽怨愁恨，化成词句写在花笺上，寄给远方的朝云。这是一首离别相思之词。明卓人月《古今词统》："乐府《六幺》，讹作《绿腰》，此则直指裙腰耳。"

---

① "试写"二句：化用唐李商隐《牡丹》中的"我是梦中传彩笔，欲书花叶寄朝云"诗句。花，指饰有花纹的信笺。

〔清〕 余穉《花鸟册》（局部）

又

御纱新制石榴裙，沉香慢火熏。越罗双带宫样，飞鹭碧波纹。　　随锦字①，叠香痕，寄文君②。系来花下，解向尊前，谁伴朝云。

　　宫纱新裁成的红裙子，用沉香精心熏过。越罗做成的衣带是宫内的式样，绣着飞鹭碧波的花纹。写好的书信，折叠时痕迹中也留有香味儿。寄给文君吧。系着罗裙游赏于花下，解下罗带饮酒于席间，谁去与朝云相伴呢？这首词与上一首当为姊妹篇。

---

① 锦字：女子写给丈夫的书信。唐李白《秋浦寄内》："开鱼得锦字，归问我何如。"
② 文君：代指收信人。

姑射隱

仙人何處訪藐姑射之仙竹逕原深邃
花叢任往還千羊當雪勁一色厰春
殷富貴非仙物區區贈谷間

二知老人華

〔清〕 邹一桂《花卉八开图之牡丹》（局部）

又

都人①离恨满歌筵，清唱倚危弦②。星屏③别后千里，更见是何年。　　骢骑稳④，绣衣鲜，欲朝天。北人欢笑，南国悲凉，迎送金鞭⑤。

赏评

城里人离愁别恨多在欢歌盛宴之上，清丽的歌声与高昂的曲调相和。在家门口离别之后，便相隔千里之遥，再相见将是什么时候呢？这些衣着鲜丽的官员们骑着骏马，稳稳地走着，正要进宫朝拜。北方的官员开怀而笑，南方的宦游人心内凄凉，还不得不迎送着这些挥着金鞭的贵人。这首词抒写了一位宦游之人的思乡之情。

---

① 都人：都城中的人，此处指汴梁（今河南开封）城中的人。
② 危弦：弦乐器演奏出高昂的曲调。
③ 星屏：指雕有星辰之类图案的照壁。屏，照壁，俗称影壁墙。《荀子·大略》："天子外屏，诸侯内屏。"意思是说天子的照壁设在门外，诸侯的照壁设在门内。
④ 骢骑稳：骑着骏马，走得稳当。
⑤ 金鞭：代指骑着骏马、挥着金鞭的贵客。

破阵子

　　柳下笙歌庭院，花间姊妹秋千。记得春楼①当日事，写向红窗夜月前。凭谁寄小莲。　　绛蜡等闲陪泪，吴蚕到了缠绵②。绿鬓能供多少恨，未肯无情比断弦③。今年老去年。

赏评

　　庭院的柳树下笙歌悦耳动听，花丛间也有姐妹们荡着秋千嬉戏。还记得当年春楼中那些旧事，在月光下红窗前写了一封书信，但请谁替我寄给小莲呢？蜡烛燃烧着，同人一样落下烛泪。春蚕吐丝，像是诉说着无尽的缠绵。乌黑的发丝能经得起多少离恨，未必能像断弦一样无情。今年依旧比去年要衰老啊。

　　这首词抒写对歌姬小莲的怀念之情，也包含着对昔日旧游的追忆，抒发年华易逝的感慨。清陈廷焯《词则·闲情集》："对法活泼，措词亦婉媚。"又言："（'绿鬓'二句）凄咽芊绵。"

---

① 春楼：泛指当日所居之处。
② "绛蜡"二句：化用唐李商隐《无题》中的"春蚕到死丝方尽，蜡炬成灰泪始干"诗句。缠绵，萦绕缠结，指蚕吐丝作茧。
③ 断弦：琴弦断开，比喻极度悲伤。唐元稹《夜闲》："孤琴在幽匣，时迸断弦声。"

好女儿

绿遍西池，梅子青时。尽无端、尽日东风恶，更霏微细雨，恼人离恨，满路春泥。　　应是行云归路①，有闲泪、洒相思。想旗亭、望断黄昏月，又依前误了，红笺香信，翠袖欢期。

　　绿色遍染西池，正是梅子青时。没来由地整日里刮着东风，更兼下着霏霏细雨，令人恼恨的是，离别远行的路上满是泥泞。料是巫山云梦之路，闲抛相思之泪。想当初在酒肆楼阁上痴望，直到黄昏之后月亮升起，又像之前一样，耽误了佳人于红笺信中约下的欢会之期。这首词描写了离别的时节，刻画了苦闷之情。

---

① 行云归路：指巫山梦醒，暗示对目前生活状况的厌倦。

〔明〕 陈洪绶《对镜仕女图》（局部）

又

酌酒殷勤，尽更留春。忍无情、便赋①馀花落，待花前细把、一春心事，问个人人。　　莫似花开还谢，愿芳意、且长新。倚娇红、待得欢期定，向水沉烟底，金莲②影下，睡过佳辰。

赏评

　　殷勤斟酒，频频举杯，尽量地把春天留住。怎能忍心无情地让其余的花朵也凋落呢？待到花前细细把赏，将整个春天心中所想之事，询问心上人。他的情意千万不要像花儿一样开了又谢。唯愿这情意一直长久不衰。依偎着鲜花，等到欢聚佳期确定，在沉香燃烧的袅袅轻烟中，莲花蜡烛的烛影下，美美地睡一觉。这是一首留春之词。

---

① 赋：给予，引申为让、使之意。
② 金莲：指莲花状蜡烛。

点绛唇

花信来时，恨无人似花依旧。又成春瘦，折断门前柳。　　天与多情，不与长相守。分飞后，泪痕和酒，占了双罗袖。

赏评

　　花信风吹来之时，恨没有人能像花一样依旧美好。又因为伤春而消瘦，因送别而折尽了门前柳枝。天让人多情，却不让人长相守。自从分别之后，双泪长流，和酒而饮，沾湿了双罗袖。这是一首思妇之词。清陈廷焯《词则·闲情集》："淋漓尽致。"明沈际飞《草堂诗余续集》："句能铸新。"

又

明日征鞭①，又将南陌垂杨折。自怜轻别，拚得音尘绝。　　杏子枝边，倚处阑干月。依前缺，去年时节，旧事无人说。

赏评

明日你即将策马扬鞭出行，又要折取南边路旁的杨柳相送。自己怜惜自己遭受的离情之苦，干脆音信断绝才好。枝头杏子青青，倚着栏杆赏月，月已如从前一样变缺。去年这个时候的残旧的往事已没有人提起了。这首词描写即将离别时的心情。清陈廷焯《词则·闲情集》："流连往复，情味自永。"俞陛云《唐五代两宋词选释》："此记再别之词。承前首折柳门前，故此云又折垂杨。下阕言本期人月同圆，乃几度凭阑，依然月缺。正如唐人诗'思君如满月，夜夜减清辉'。结句旧事更无人说，其实伤心之事，本不愿人重提也。"

---

① 征鞭：指出行。

〔明〕吴彬《文杏双禽图》（局部）

又

　　碧水东流，漫题凉叶①津头寄。谢娘春意，临水颦双翠。　　日日骊歌②，空费行人泪。成何计，未如浓醉，闲掩红楼睡。

赏评

　　把诗句写在红叶上，从渡口处投入东流的碧水中，寄送出去。佳人满怀心事，待在水边紧蹙着双眉。每天都唱着送别之歌，白白惹了多少行人的离泪。有什么办法呢？不如喝个酩酊大醉，关上房门，于楼中酣睡为好。这是一首描写怀人念远的词。

————————

① 凉叶：即红叶，用"红叶题诗"的典故。唐韦应物《秋夜》："暗窗凉叶动，秋天寝席单。"
② 骊歌：古人告别时唱的歌。骊，黑色的马。

又

妆席相逢，旋匀①红泪歌金缕。意中曾许，欲共吹花②去。　　长爱荷香，柳色殷桥路。留人住，淡烟微雨，好个双栖处。

赏评

　　装扮后，参加席宴，与君初相逢，立即擦匀泪痕唱了一曲《金缕衣》。情意曾暗中相许，欲要一起赏花游春去。最爱荷香四溢、柳色浓翠的殷桥小路。能够留住人心，袅袅青烟，微微细雨，真是个双飞双宿的好去处。这首词主要表达歌女对美好生活的向往和追求。清陈廷焯《词则·闲情集》："情景兼写，景生于情。"

---

① 旋匀：立刻擦匀。旋，立刻，临时。
② 吹花：风吹拂花而飘香。此处指游春赏花。唐虞世南《奉和咏风应魏王教》："动枝生乱影，吹花送远香。"

〔清〕余穉《花鸟册》（局部）

又

湖上西风，露花啼处秋香老。谢家春草①，唱得清商好。 笑倚兰舟，转尽新声了。烟波渺，暮云稀少，一点凉蟾小。

赏评

秋风吹过湖面，荷花开始枯萎了，露珠凝结在花瓣上，犹如泪珠一般。歌唱着春天美景，那清商曲调唱得最好。笑倚着兰舟，又转向了新的曲调。烟波浩渺，云霞稀薄，一弯秋月更纤细了。这首词描写歌女歌唱的场景。

---

① 谢家春草：因南朝诗人谢灵运"池塘生春草"的诗句，而有此说法。代指春天景物，也指美好的诗文。

两同心

楚乡春晚，似入仙源。拾翠①处、闲随流水，踏青路、暗惹香尘。心心在，柳外青帘②，花下朱门。　　对景且醉芳尊。莫话消魂。好意思③、曾同明月，恶滋味、最是黄昏。相思处，一纸红笺，无限啼痕。

赏评

暮春时节的江南楚地，恍如进了桃源仙界。女子们悠闲地沿着曲折的江水行走，捡拾着翠羽。踏青路上，宝马香车驶过，泛起了阵阵香尘。心中有所牵念，在柳荫外的酒肆中，花树下的朱门绣户中。对着美景，且图一醉樽前。不要说那令人伤心的话。美好的心情，曾如同明月一般。那痛苦的滋味，最易在黄昏时分出现。相思之时，只有那一封信笺，和满袖的泪痕。这首词描写儿女情长。明卓人月《古今词统》："自家儿意味不同。"清陈廷焯《词则·闲情集》："清词丽句，为元曲滥觞。"

---

① 拾翠：春游捡拾翠鸟羽毛以做首饰。多指女子游春。唐杜甫《秋兴八首·其八》"佳人拾翠春相问，仙侣同舟晚更移。"
② 青帘：古时酒肆门口的幌子多以青布制成。此处借指酒家。
③ 意思：指心情，情绪。

少年游

　　绿勾阑①畔，黄昏淡月，携手对残红。纱窗影里，朦腾春睡，繁杏小屏风。　　须愁别后，天高海阔，何处更相逢。幸有花前，一杯芳酒，欢计②莫匆匆。

赏评

　　倚着绿栏杆，从黄昏到月亮升起，携手而立，欣赏着落花。碧纱窗影下，昏昏春睡，枕屏上的杏子茂密繁盛。只担心离别后，天高海阔，何处再相逢呢？幸有花前美景，饮上一杯美酒，为欢乐的日子做打算，不需要太匆忙。这首词描写和心上人在一起的欢乐及担心离别后的愁苦。

---

① 勾阑：宋元时期，百戏杂剧演出的场所。此处指栏杆。
② 欢计：为欢乐日子的打算、安排。

又

　　西溪丹杏，波前媚脸，珠露与深匀。南楼翠柳，烟中愁黛，丝雨恼娇鬟。　　当年此处，闻歌瓶酒，曾对可怜人。今夜相思，水长山远，闲卧送残春。

赏评

　　西溪岸上，红色的杏花与女子娇媚的脸颊交相辉映，倒映在水面上，水珠滋润了花朵，也揉匀了女子的容颜。南楼之前，翠柳依依，烟雾细雨中衬着女子如柳叶般带愁含怨的眉黛。当年也是在此处，听着歌曲，沉溺于酒，也曾面对着那可爱之人。今夜的相思之情怎么排解呢？山高水远，唯有闲躺着送送残春了。这首词主要写离别相思之情。夏敬观批语："前三句与次三句对，作法变幻。"

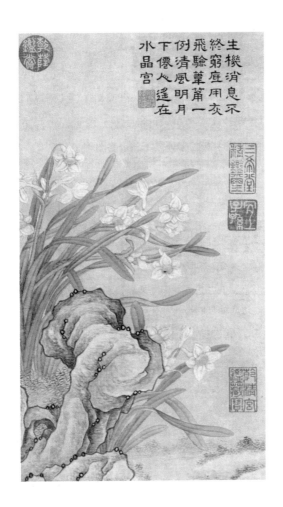

生機消息不

終窮底用亥

飛驗葦簫一

例清風明月

下偃心遙在

水晶宮

〔清〕《缂丝乾隆御制诗花卉册》（局部）

又

离多最是，东西流水，终解①两相逢。浅情终似，行云无定，犹到梦魂中。　　可怜人意，薄于云水，佳会更难重。细想从来，断肠多处，不与者番②同。

 赏评

离别最多就是水自分流，各奔东西，最终才明白两人要相逢在一起。薄情终究像行云一样，飘忽不定，尤其到梦中的机会更少。可叹人的情意，轻如云，淡似水，相会之期更是难以期待。细细想来，从前的多种伤心之事，都不与这次相同。这首词抒写离愁及其引发的哀怨之情。明卓人月《古今词统》："前段两比，后段赋之。"夏敬观批语："云水意相对，上分述而又总之，作法变幻。"

---

① 解：懂得，知道。
② 者番：这一次。者，通"这"。

又

西楼别后，风高露冷，无奈月分明。飞鸿影里，捣衣砧外，总是玉关情①。　王孙②此际，山重水远，何处赋西征。金闺魂梦枉丁宁③，寻尽短长亭。

赏评

自从西楼离别之后，秋风飒爽，寒露冷重，无奈月色皎洁。天边飞鸿的影子中，家家户户的捣衣声里，总是饱含着思念戍边之人的情绪。此番行人又要到山重水远的地方，西部边陲之外还有路吗？身在闺阁中，睡梦中也枉费心思，走遍了一个又一个长亭短亭。这是一首思妇之词。

---

① "捣衣"二句：化用唐李白《子夜吴歌·秋歌》"长安一片月，万户捣衣声。秋风吹不尽，总是玉关情"的诗句。砧，捣衣石。玉关，玉门关，泛指遥远的边塞地区。
② 王孙：泛指游子。
③ 丁宁：即叮咛，仔细周到。

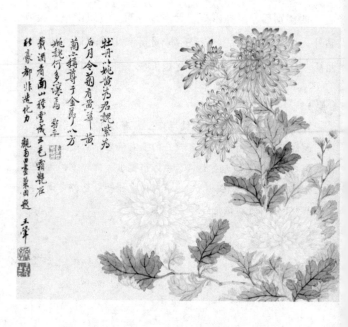

牡丹姚黄为君魏紫为
后月令谓有黄华黄
菊实擅尊于金盖八方
姚魏何多谋焉 寿平
戴洞看南山种雪成五色霜艳涯
秋意都非造化力
观南田画菊因题
王翚

〔清〕 恽寿平《瓯香馆写生册之菊花》（局部）

又

雕梁燕去，裁诗①寄远，庭院旧风流②。黄花③醉了，碧梧题罢④，闲卧对高秋。　　繁云破后，分明素月，凉影挂金钩。有人凝澹⑤倚西楼，新样两眉愁。

赏评

雕梁间的燕子已经离去，修改好的诗文寄给了远游之人，庭院里的风光依然如从前一般。菊花酒饮醉了，在梧桐叶上题写了诗，悠闲地躺着，静对着秋高气爽。浓云散开后，露出一轮皎洁的明月，犹如挂在金钩之上，月下枝叶影影绰绰。有人倚着西楼痴望着天空中淡薄静止的云霭，新式样的两眉间凝着些许愁意。这首词描写一位女子对秋怀远的情景。张草纫《二晏词笺注》："云破月来，见月影而想象西楼歌女此时亦双蛾颦蹙，倚楼遥盼。"

---

① 裁诗：对诗句进行润色。唐杜甫《江亭》："故林归未得，排闷强裁诗。"
② 风流：风光。
③ 黄花：这里指菊花酒。
④ 碧梧题罢：传唐代女子李云英与丈夫分别，题诗于梧桐叶上，任风吹去，竟为其夫所得。元人将此事演为杂剧《梧桐叶》，收入《元曲选》中。
⑤ 凝澹：天空云霭淡薄且凝聚静止。

虞美人

闲敲玉镫①隋堤路，一笑开朱户。素云②凝澹月婵娟③，门外鸭头春水④、木兰船。　　吹花拾蕊嬉游惯，天与相逢晚。一声长笛倚楼时，应恨不题红叶、寄相思。

赏评

骑着马在隋堤之上闲游，见到一位佳人笑着打开了房门。只见她容颜如白云凝聚般晶莹，人若月中仙子般娇美。门前的江水犹如绿头鸭的羽色般澄碧，木兰船漂荡在岸边。她采摘花朵，玩弄着花瓣，经常出门游玩。真恨上天让我与之相逢太晚。倚着高楼吹笛或可寄托思慕之情，却又忽生怨恨，你怎么不效仿古人，题诗于红叶之上，流于我处，以解我的相思之苦呢？这首词通过描写一个生活场景，表达忆人之情。

---

① 玉镫：马镫。唐张祜《少年乐》："醉把金船掷，闲敲玉镫游。"
② 素云：白云，瑞云。
③ 婵娟：形容女子体态娇美。因传说月中有嫦娥，故代指明月。
④ 鸭头春水：指春天的水色深碧，宛如鸭头之绿色。鸭头，绿头鸭，其头部羽毛呈绿色。唐李白《襄阳歌》："遥看汉水鸭头绿，恰似葡萄初酦醅。"

〔明〕 蓝瑛《花鸟册》（局部）

又

　　飞花自有牵情处，不向枝边坠。随风飘荡已堪愁，更伴东流流水、过秦楼①。　　楼中翠黛含春怨，闲倚阑干见。远弹双泪惜香红，暗恨玉颜光景②、与花同。

赏评

　　落花也情有所牵，不会坠落在枝边。它随风飘荡已满是愁绪，更伴随着东流的江水，从秦楼前而过。楼中的女子眉黛间带着愁怨，正闲倚着栏杆远望。她双泪直流，只因怜惜着花红，心中恼恨自己的容颜，与花一般即将老去。这首是女子自叹之词，以落花自喻，以表自伤之情。张草纫《二晏词笺注》："此词写酒楼歌女见落花随流水漂泊而引起身世之感。"

---

① 秦楼：秦穆公为其女儿弄玉修筑的凤凰台。唐李白《忆秦娥》："箫声咽，秦娥梦断秦楼月。"
② 光景：处境，景况。

又

曲阑干外天如水，昨夜还曾倚。初①将明月比佳期，长向②月圆时候、望人归。　　罗衣著破前香在，旧意谁教改。一春离恨懒调弦，犹有两行闲泪、宝筝前。

赏评

回廊曲折的栏杆外，天空澄碧如水。昨天夜里，还曾倚靠着栏杆赏月。人们把明月初圆之日比作相会时的佳期，因此我常在这里眺望，盼得月圆之时心上人能归来。罗衣虽然已破旧，但是余香尚在。谁让他改变了初衷呢？这整个春天皆是离愁别绪，再懒得抚筝调弦。还有那两行伤愁的眼泪，颗颗滴落在了宝筝前。这是一首怀人念远之词。唐圭璋《唐宋词简释》："此首写离恨。上片言望之切，下片言恨之深。起两句，是倚阑所见。'初将'两句，是倚阑所思。'罗衣著破'，别离之久可知。前香犹在，旧意未改，亦极见忠厚之忱。'一春'两句，写筝前落泪，尤为哀惋。"

---

① 初：开始时。
② 向：于，在。

又

疏梅月下歌金缕，忆共文君语。更谁情浅似春风，一
夜满枝新绿、替残红。　　蘋香已有莲开信，两桨①佳期
近。采莲时节定来无，醉后满身花影、倩人扶②。

赏评

明月朗照，疏梅横斜，高唱着《金缕曲》，又回想起了与
佳人相聚时的话语。谁人好像春风那样的浅情？一夜之间，用
满树满枝的新绿代替了落红。蘋花散发着香意，好像传递着莲
花即将开放的信息。双桨轻快地划动着，那相聚的日子就要到
了。采莲的时候能确定来吗？到时候，大醉一场，于花丛之中
请佳人搀扶而归。这首词描写怀人之情，上片回忆往事，下片
写对重逢的企盼。明卓人月《古今词统》："'替'字妙。"
俞陛云《唐五代两宋词选释》："集中多离索之感。此调'新
绿''残红'，甫嗟易别，'蘋香''两桨'，旋盼相逢，'花影人
扶'句预想归来。闹红一舸，风致嫣然，丽而有别。"

---

① 两桨：划上两三桨就到了，言其近也。南朝乐府《西洲曲》："西
　洲在何处？两桨桥头渡。"
② "醉后"二句：化用唐陆龟蒙诗《和袭美春夕酒醒》中的"觉后不
　知明月上，满身花影倩人扶"之句。

又

　　玉箫吹遍烟花路，小谢①经年去。更教谁画远山眉，又是陌头风细、恼人时。　　时光不解年年好，叶上秋声早。可怜蝴蝶易分飞，只有杏梁双燕、每来归。

赏评

　　玉箫声声，响遍了翠柳如烟、繁花似锦的小路。心上人已离开一整年了，又能让谁帮着描画远山眉呢？又到了田野间秋风细细、令人生愁之时。光阴飞逝，不能明白年年的好光景。叶子微黄，早早提醒人们秋天要来到了。可怜蝴蝶容易分飞，不确定能否聚合。只有那梁间的双燕，秋天离开，明春还会归来。这是一首悲秋怀人的词。

---

① 小谢：指南朝齐谢朓。此处指女子所怀念的人。

〔清〕 郎世宁《仙尊长春图册之菊花图》（局部）

又

秋风不似春风好，一夜金英①老。更谁来凭曲阑干，惟有雁边斜月、照关山。　　双星旧约年年在②，笑尽人情改。有期无定是无期，说与小云新恨、也低眉。

赏评

秋风不如春风好，一夜之间吹得菊花都衰败了。有谁会倚靠着曲折的栏杆赏景呢？唯有雁群飞过时，天边的如钩弯月依旧照着关山内外。牛郎和织女年年七夕都会在鹊桥上相会。可笑这人间的情分是不可靠的，时时变换。相会之期没有确定，那就相当于没有约定呀。说给小云听，她也添了新烦恼，低头不语。这是一首秋日相思之词。

---

① 金英：菊花。
② "双星"句：牛郎和织女年年七夕时都能在鹊桥相会。双星，指牛郎星和织女星。旧约，指七夕相会。

又

　　小梅枝上东君信①，雪后花期近。南枝开尽北枝开，长被陇头游子、寄春来②。　　年年衣袖年年泪，总为今朝意。问谁同是忆花人，赢得小鸿眉黛、也低颦。

赏评

　　梅花新枝上传来了春天的消息。雪化之后，开放的日期更近了。南方的花枝开遍了，北方的花枝才会开。常常有陇头的游子寄梅而来。年年衣袖上都沾满了相思的泪水，一切都是因为今朝的情意。问谁同是忆花之人呢？这样的问题让小鸿眉黛紧蹙，低下了头。这首词借写寄梅而说相思。张草纫《二晏词笺注》："'同是忆花人'，叔原指自己与小鸿。二人都爱花，如今花将开而不能同赏，故泪下沾襟，想小鸿亦为之双眉蹙蹙矣。"

① 东君信：春天的消息。东君，司春之神。
② "长被"二句：反用晋人陆凯"梅花寄春"的典故。意思说春由陇头游子反寄回来。

又

湿红笺纸回纹字，多少柔肠事？去年双燕欲归时，还
是碧云千里、锦书迟。　　南楼风月长依旧，别恨无端有。
倩谁横笛倚危阑，今夜落梅声里、怨关山。

赏评

　　泪水滴湿了红色的信笺，那上面的回文诗写了多少悲愁
之事呀？去年双燕准备回来时，还是千里晴空，可书信迟迟不
见。南楼吹过的清风、长照的明月依旧如此，没来由地生起了
离愁别恨。是谁倚靠着高高的栏杆吹着横笛呢？今夜那一声声
《落梅花》曲中，饱含着多少对身在边塞之人的幽怨呀。这是
一首思妇之词。张草纫《二晏词笺注》："别后思念，常闻《落
梅》之曲而恨关山之远隔。"

又

一弦弹尽仙韶乐①，曾破千金学。玉楼银烛夜深深，愁见曲中双泪、落香襟。　　从来不奈离声怨，几度朱弦断。未知谁解赏新音，长是好风明月、暗知心。

赏评

　　一曲犹如仙乐的韶乐弹得尽善尽美。她曾花费了千金才学得此曲。闺阁中银烛摇曳不定，夜已经很深了。曲子中出现了愁苦之意，惹得人双泪直流，湿透了衣襟。从来都忍受不了离别之声中的哀怨之情，几次都把琴弦弹断了。不知道谁能懂得这动听的音乐。恐怕只有那清风明月，才是知音吧。这首词描写乐曲，并以知音难求来比喻人生的不幸遭际。

---

① 仙韶乐：赞韶乐之美妙，称之为仙乐。韶，虞舜之乐。《论语·八佾（yì）》："子谓《韶》，尽美矣，又尽善也。"

采桑子

秋千散后朦胧月，满院人闲。几处雕阑，一夜风吹杏粉残。　　昭阳殿①里春衣就，金缕初干。莫信朝寒，明日花前试舞看。

赏评

　　宫女们荡罢秋千散去后，月色朦朦胧胧，满院里寂静空闲。那几处镂雕栏杆边，一夜春风过后，落满了杏花的残瓣。昭阳殿的宫女们已准备好了春衣，初次唱起了《金缕衣》。不要相信早上会冷。明天，我们可以在花前跳舞，试试冷还是不冷。这首词描写宫中歌女及舞女们的日常生活片段。张草纫《二晏词笺注》："此词描写宫女寂寞无聊的生活。上片写宫女除偶作秋千戏之外，无所事事，而春光易逝，红颜易老。下片谓春衣刚就，不管春寒犹峭，急着穿衣试舞，犹冀以此博得君王的喜爱。"

---

① 昭阳殿：汉代宫殿，为后妃所居。

曾見二水山人筆
師曾陳衡臨寫

〔清末〕 陈师曾《茶花梅花图》（局部）

又

花前独占春风早，长爱江梅①。秀艳清杯②，芳意③先愁凤管④催。　　寻香已落闲人后，此恨难裁。更晚须来，却恐初开胜未开。

赏评

众多花卉中，梅花最早于春风中开放，我最喜欢的便是江梅。携酒赏梅，最担心的是花期过短，就吹起笙，催着梅花开放。寻梅已经落在了他人之后，这种遗恨最难衡量。即便觉得晚了，还是要来。最怕没赶上初开的梅花，还错过了未开的。这是一首赏梅之词。

---

① 江梅：一种野生梅花，花小色淡。
② 清杯：指美酒。
③ 芳意：美好的心意，此处指爱梅、赏梅。
④ 凤管：笙。许慎《说文解字》："笙，十三簧，象凤之身也。"

又

芦鞭①坠遍杨花陌，晚见珍珍。疑是朝云，来作高唐梦里人。　　应怜醉落楼中帽②，长带歌尘。试拂香茵③，留解金鞍睡过春。

赏评

在这杨花飘飞的道路上，我多次停下芦鞭，让马停住。直到晚上才见到珍珍。怀疑是珍珍的朋友朝云，化作了高唐美梦中的神女。应当怜爱，却因醉酒而把头巾遗落在楼上，长长的丝带上沾满了尘土。试着打扫干净屋内的枕席。解下金马鞍，留下马匹，睡上一个春天吧。这首词描写游春的场景。

---

① 芦鞭：一种短小的马鞭。也指用芦花代替马鞭子。
② 帽：指男子的头巾，或帽子。
③ 香茵：女子使用的枕席。

〔清〕 李鱓《古藤黄鸟图》（局部）

又

日高庭院杨花转，闲淡春风。昨夜匆匆，辇入遥山翠黛中。　　金盆水冷菱花^①净，满面残红。欲洗犹慵，弦上啼乌^②此夜同。

赏评

日头高照着庭院，杨花到处飞舞，春风闲逸淡雅。昨夜匆匆而过，眉黛紧蹙着，愁已上了眉梢。金盆中的水已经凉了，菱花镜也十分干净，正照着那满脸残妆。有心去洗漱，却又慵懒无比，琴弦上弹奏出的声音犹如夜里的哭泣之声。这首词描写的是歌女的日常生活场景。

---

① 菱花：菱花镜。因背面饰有菱花纹样而得名。
② 弦上啼乌：指抚琴时，所弹奏的《乌夜啼》曲，犹如夜间哭泣之声。啼乌，古琴曲有《乌夜啼》。

又

征人去日殷勤①嘱，莫负心期。寒雁来时，第一传书慰别离。 经②春③织就机中素④，泪墨题诗。欲寄相思，日日高楼看雁飞。

赏评

征人离家远行的那天，我曾情深意切地嘱咐他，不要辜负了心中期许之人。等秋雁南飞时，希望能收到你的第一封书信，以慰别离之伤。经过了整个春天，织布机上的白绢我已经织成了，和泪磨墨，写成了书信。想要把这份相思之情寄送出去，于是整日整日地站在高楼上盼着大雁飞过，希望它们能把书信捎寄过去。这是一首念远怀人之词。

---

① 殷勤：情意深厚，恳切。
② 经：一作"轻"。
③ 春：一作"风"。
④ 素：白色的绢，可以用来写信。

〔宋〕 马麟《梅花小禽图》（局部）

又

　　花时恼得琼枝①瘦，半被残香。睡损梅妆，红泪今春第一行。　　风流笑伴相逢处，白马游缰②。共折垂杨，手捻芳条说夜长。

赏评

　　花时已过，引得梅枝消损不少，半数梅花已凋谢。一觉睡起，梅花妆已睡损，因伤春而流下了入春以来第一行泪。没想到，恰与风流偶傥的旧时玩伴相逢，他骑着白马前来游春。我们站在杨柳树下，攀折着柳条，相互诉说着离别之后的情况。这首词描写女子因梅残而伤春，遇故人而惊喜的场景。俞陛云《唐五代两宋词选释》："'半被'二句已觉妍秀，'红泪'七字更佳句，乘风欲去。下阕游伴相逢，别开一境。结句妙在不说尽，耐人揽撷。"

---

① 琼枝：神话传说中有玉树琼枝的说法，此处指梅树、梅枝。
② 白马游缰：骑着白马游春。

又

　　春风不负年年信，长趁花期。小锦堂西，红杏初开第一枝。　　碧箫度曲留人醉，昨夜归迟。短恨凭谁，莺语殷勤月落时。

赏评

　　春风年年都守信用，总是赶上花期。在小锦堂的西侧，第一枝红杏已经按时开放了。玉箫曲声悦耳，令人沉醉不已，以至于夜里迟归。这短暂的愁恨因为谁呢？莺声细语，反复询问，又是月落之时。这首词描写人之愁思、孤单与寂寞。

又

秋来更觉消魂苦，小字^①还稀。坐想行思，怎得相看似旧时。　　南楼把手凭肩处，风月应知。别后除非，梦里时时得见伊^②。

赏评

入秋以来，更觉得悲愁痛苦，书信还稀少了。坐也相思，行也相思，怎么才能像往日一样相见呢？南楼之上，你我手牵手、肩并肩而立，清风明月应该知晓我们的情意。自从别后，除非是在梦里，才能时时见到她。这是一首离别相思之词。

---

① 小字：小笺，简短的书信。
② 伊：他或她。

又

　　谁将一点凄凉意，送入低眉。画箔^①闲垂，多是今宵得
睡迟。　　　夜痕记尽窗间月，曾误心期。准拟^②相思，还是
窗间记月时。

赏评

　　是谁让这一抹凄凉的相思之意，显现于眉梢间？画帘清闲
地低垂着，怕是今天夜里睡得更迟了。夜里，月光照在窗上的
影痕随着时间的推移而动，曾经耽误了相约的佳期。确认这一
次生出相思之意，又是在窗前欣赏明月之时呢。这是一首离别
相思之词。

---

① 画箔：彩绘装饰的帘子。箔，竹子、苇等材料编成的帘子。
② 准拟：确认，确定。

又

宜春苑①外楼堪倚，雪意方浓。雁影冥濛②，正共银屏小景同。　　可无人解相思处，昨夜东风。梅蕊应红，知在谁家锦字中。

赏评

倚在宜春苑外的高楼之上，天寒欲雪。天色迷蒙，仿佛有大雁飞动的影子，正和银屏之上的风景画面相同。可漫长的相思之苦无人可解。昨夜吹起了东风。那梅花应该要开放了吧？这是谁家得到了游子归来的好消息呢？这首词描写女子冬日相思之情。

① 宜春苑：秦宜春宫东侧为宜春苑，汉朝称宜春下苑。此处泛指园林。
② 冥濛：朦胧，不清晰。

又

　　白莲池上当时月，今夜重圆。曲水兰船，忆伴飞琼看月眠。　　黄花绿酒分携后，泪湿吟笺。旧事年年，时节南湖又采莲。

赏评

　　曾记得当年一同于白莲池中采莲，当时的明月如今又变圆了。江水曲折漂着兰船，想起了当时与同伴飞琼赏完月后一同酣眠。饮了菊花酒和绿蚁酒，分别之后，泪流连连，默读着信笺。年年想起往事，如今又到了南湖采莲的时节。这是一首怀人之词。张草纫《二晏词笺注》："今夜重见圆月当空，不禁回忆起当年在南湖与歌女泛舟采莲的往事，不胜伤感。"

又

　　高吟烂醉淮西①月，诗酒相留。明日归舟，碧藕花中醉过秋。　　文姬②赠别双团扇，自写银钩。散尽离愁，携得清风出画楼。

　　淮西皎洁的月光下，宾客高朋们置酒饯别，相互吟诗唱和，喝得烂醉。明日就要乘舟离去，一路上带着醉意，在红花绿叶的荷丛中度过了今年的初秋时节。佳人在席上赠送了一对团扇，上面有她亲题的诗句。这离愁别绪散尽了，恰像带着一股清风离开了酒楼。这是一首离别之词。

---

① 淮西：淮南西路，宋太宗至道年间分设的十五路之一。治所在扬州。
② 文姬：汉代才女蔡文姬，此处代指前来送别的女子，喻其有才华。

梨花雪鳥

注宋人畫
蝶豊靈襖

玉花綴小簇
金英雪鳥
兆來寵有
情政言市
尋栝鞣立
正妨人識不
分明

〔明〕 蓝瑛《花鸟册》（局部）

又

前欢几处笙歌地，长负登临。月幌风襟，犹忆西楼著意深。　　莺花见尽当时事，应笑如今。一寸愁心，日日寒蝉夜夜砧。

 赏评

回忆过去在好几处地方的快乐日子，很遗憾地错过了重游的机会。明月照着窗帷，清风吹着衣襟，回忆起西楼上那些往事，依旧令人着意。黄莺和花朵都见证了当时的情况，应该会嘲笑如今的我吧。那满是愁意的芳心，却因白日里的秋蝉鸣和寒夜里的捣衣声，更觉凄凉了。这是一首回忆之词。张草纫《二晏词笺注》："此词谓旧时常在歌楼酒肆饮酒听歌，今已久不涉足。而西楼情事，尚深深地萦记在胸怀之中。当年情事，莺花可证。而如今只有蝉鸣和砧声与我相伴，益增愁闷。"

又

　　无端恼破桃源梦，明日青楼。玉腻花柔①，不学行云易去留。　　应嫌衫袖前香冷，重傍金虬②。歌扇风流，遮尽归时翠黛愁。

赏评

　　没来由地惊破了桃源美梦，第二天依然在这青楼之上。看着自己柔滑细腻的肌肤和如花儿般的容颜，不愿像那白云一样飘忽不定。你要是觉得我衣袖上的香气淡了，那就重新在香炉旁熏一熏。我的歌声风韵依然，团扇轻轻一遮，哪里还能看得到眉黛间的忧愁。这首词描写的是歌女的心迹。

---

① 玉腻花柔：形容女子肌肤光滑柔软，容颜如花。
② 金虬（qiú）：铸有虬形花纹的铜香炉。虬，古代传说中的一种无角的龙。

〔清〕恽寿平《山水花卉》（局部）

又

　　年年此夕①东城见，欢意匆匆。明日还重，却在楼台缥缈中。　　　垂螺②拂黛清歌女，曾唱相逢。秋月春风，醉枕香衾一岁同。

 赏评

　　每年这个时候都在东城相见，欢乐快意的时光匆匆而过。待到第二天，依旧是千里相隔，只感觉在虚无缥缈的楼阁亭台之中了。盘着螺髻、描着青黛的年轻歌女，曾经唱着相逢之歌。送走了秋月，迎来了春风，在醉梦恍惚中度过了一年的时光。这首词描写歌女迎来送往的日子，感叹时光的逝去。

------

① 年年此夕：每年这个时候。比照牛郎织女七夕相会的模式。
② 垂螺：一种发型，即螺壳形发髻。

又

双螺[①]未学同心绾[②]，已占歌名。月白风清，长倚昭华笛里声。　　知音敲尽朱颜改，寂寞时情。一曲离亭，借与[③]青楼忍泪听。

赏评

她还梳着双螺髻时，不曾学过编制同心结，却早负盛名。月明风清，恰是良辰美时，常伴随着昭华笛曲高歌。可惜，那些打着节拍的知音已不见，只因自己年老色衰，满是寂寞空虚之情。青楼上传来那首离亭曲，她只能偷偷地强忍着泪水听完。这首词描写了歌女的人生经历。

---

① 双螺：女孩未成年时梳的发式。
② 同心绾：即同心结，象征着男女同心相爱。绾，打结，盘绕。
③ 借与：让与。

秋氣到襟裾 秋霊初滿

離披豪態真 扛花圃猶

涉時 雲溪漁

〔清〕 恽寿平《瓯香馆写生册之洛阳花》（局部）

又

西楼月下当时见，泪粉偷匀。歌罢还①颦，恨隔炉烟看未真。　别来楼外垂杨缕，几换青春②。倦客红尘，长记楼中粉泪人。

　　当时在西楼月下相见，偷偷地抹匀脸上和粉的泪痕。一曲高歌后，她蹙起了眉黛，恼恨这香炉中的烟雾阻隔了视线，没有把他看得清清楚楚。分别之后，楼外那缕缕杨柳，已荣败了几个春天。经历了滚滚红尘而深感疲惫的行人，时常回忆起闺阁中那挂着盈盈粉泪的佳人。这是一首怀人之词，细致地刻画了人物的心理活动。俞陛云《唐五代两宋词选释》："此词不过回忆从前；而能手写之，便觉当时凄怨之神，宛呈纸上。"

---

① 还：却。
② 青春：指春天。

又

　　非花非雾前时见，满眼娇春①。浅笑微颦，恨隔垂帘看未真。　　殷勤借问家何处，不在红尘。若是朝云，宜作今宵梦里人。

　　以前曾非花非雾般相见过，眼前有如一片娇美的春光。她带着微笑，轻轻蹙眉。令人气愤的是，那低垂的帘子阻隔了视线，让人看不清楚。我急切地询问其家居于何处，或许不在人间吧。若真是巫山神女，适合于今晚梦中相会呀。这首词是对歌女的赞美和追求。

---

① "非花"二句：以前曾非花非雾般相见过，眼前觉得有如一片娇美的春光。唐白居易《花非花》："花非花，雾非雾，夜半来，天明去。来如春梦几多时，去似朝云无觅处。"

又

当时月下分飞处，依旧凄凉。也会思量，不道孤眠夜更长。　　泪痕揾①遍鸳鸯枕，重绕回廊。月上东窗，长到如今欲断肠。

赏评

当初月下分别的地方，如今依旧凄凉。心中也会思索，不料孤枕难眠，夜更漫长了。泪水沾湿了鸳鸯枕头，起来绕着回廊徘徊不止。月亮已照在东窗上，这离别之久，孤夜之长，如今令人柔肠寸断。这是一首离别相思之词。

---

① 揾（wèn）：擦拭。此处指沾湿。

又

湘妃浦口①莲开尽，昨夜红稀。懒过前溪，闲舣扁舟看雁飞。　　去年谢女池边醉，晚雨霏微②。记得归时，旋折新荷盖舞衣。

赏评

　　湘水岸边莲花开尽了，一夜之间便已衰败凋残。懒得前往前溪，悠闲地停船靠岸，观看着大雁飞行。去年这时，佳人在池塘边喝醉了。到了傍晚，下起了毛毛细雨。记得她回家时，立即折取了新长成的荷叶当作雨伞，这才让舞衣没有被淋湿。这是一首咏景怀人之作。夏敬观批语："意新。"

---

① 湘妃浦口：泛指湘水岸边。湘妃，舜二妃娥皇、女英，此处代指湘水。

② 霏微：雨雪细密的样子。唐杜甫《曲江对酒》："苑外江头坐不归，水精宫殿转霏微。"

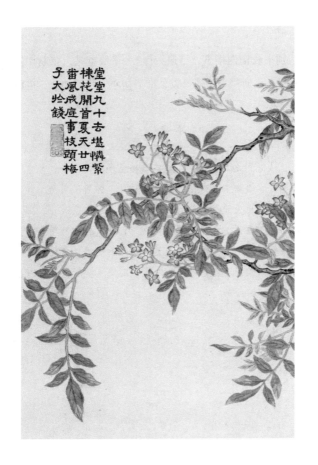

堂堂九十去堪憐
棟花開首夏天廿四
甾鳳咸庭事枝頭梅
子大恰錢

〔清〕《缂丝乾隆御制诗花卉册》（局部）

又

　　别来长记西楼事，结遍兰襟①。遗恨重寻，弦断相如绿绮琴。　　何时一枕逍遥夜，细话初心。若问如今，也似当时著意深。

赏评

　　自从分别之后，常常想起在西楼上度过的日子，此情一直萦结于心。心中满是遗恨，欲重新追寻，弹断了司马相如绿绮琴的琴弦，也没追寻到。什么时候才能与君彻夜长谈，细说一下当初的心意呢？如果问现在怎么样，我对你的感情也和当初一样深重呀。这首词描写的是追寻逝去的爱情。俞陛云《唐五代两宋词选释》："下阕以三折笔写之，深情若揭。洵君房语妙也。"

----

① 结遍兰襟：指长萦结于心胸。兰襟，衣襟的美称。

又

　　红窗碧玉新名旧，犹绾双螺。一寸秋波，千斛明珠觉未多。　　小来①竹马②同游客，惯听清歌。今日蹉跎，恼乱工夫晕翠蛾。

赏评

　　身在红窗内的歌女，名气已不如从前，但仍梳着少女的发型。秋波婉转，就算拿一千斛明珠来换也不多。自小就有姐妹一起玩竹马游戏，还习惯一起听人唱歌。蹉跎至今，还要花上不少时间去描眉擦粉，真令人烦扰不堪。这首词描写歌女回忆往事，感叹青春不复，韶华已逝。

---

① 小来：自幼小以来。
② 竹马：一种儿童游戏。

〔清〕 居廉《富贵白头图》（局部）

又

　　昭华凤管知名久，长闭帘栊。闻道春慵，方倚庭花晕脸红。　　可怜金谷无人后，此会相逢。三弄临风，送得当筵玉盏空。

赏评

　　她擅长吹奏笛子，且久负盛名。但她时常紧闭帘栊。听说春天到来时，她十分慵懒，站在庭花前，欣赏着如人脸晕红的花朵。可怜自从金谷园中盛宴之后，这次宴会上才又相逢。临风吹奏了三首梅花曲，席上客人听得高兴，连连举杯，把酒都喝光了。这首词与前篇《丑奴儿·昭华凤管知名久》几乎完全相同，仅把"日日"换"闻道"、"应说"换"可怜"而已，且其内容含意相同，算是《小山集》中"重出"的作品。

又

　　金风玉露①初凉夜，秋草窗前。浅醉闲眠，一枕江风梦不圆②。　　长情短恨难凭寄，枉费红笺。试拂幺弦，却恐琴心③可暗传。

赏评

　　在这个金风玉露天气初凉的夜晚，窗前秋草已有衰意。微有醉意，安闲睡眠，可枕边好似听到阵阵江风，凉意入梦，导致美梦未成。长久的感情、短暂的恨意都难以寄送，白白浪费了不少粉红信笺。试着拨动琴弦，却担心这琴心不能暗中传送出去。这首词描写爱恋思念之情。夏敬观批语："语意俱新。"

---

① 金风玉露：指初秋，也指七夕。宋秦观《鹊桥仙》："金风玉露一相逢，便胜却人间无数。"金风，秋风。玉露，形容露珠晶莹剔透。
② 梦不圆：指梦做得不圆满。也指没有睡安稳。
③ 琴心：思慕爱恋的心思或情意可由琴声表达，故曰琴心。唐李群玉《戏赠魏十四》："兰浦秋来烟雨深，几多情思在琴心。"

又

心期昨夜寻思遍，犹负殷勤①。齐斗堆金②，难买丹诚一寸真。　　须知枕上尊前意，占得长春③。寄语东邻④，似此相看有几人。

赏评

昨天夜里，她把心上期许之人寻思了个遍，觉得还是自己有负于对方的真情厚意。堆上一斗黄金，也难买一颗赤诚的真心啊。须知曾在枕席间、酒宴前表达着彼此的心意，希望能够青春常在、幸福永存。寄语天下的美人啊，似这样能够真诚相待的有几人呢？这首词描写女子的思想活动，传达出一种深切的爱意。

---

① 殷勤：深厚的情意。《史记·司马相如列传》："相如乃使人重赐文君侍者通殷勤。"
② 齐斗堆金：堆满了一斗的黄金。
③ 长春：长期处于春天那样的美好时光之中。即青春常在之意。
④ 东邻：东家之子，指美女。典出宋玉《登徒子好色赋》。

踏莎行

　　柳上烟归，池南雪尽，东风渐有繁华信。花开花谢蝶应知，春来春去莺能问。　　梦意犹疑，心期欲近，云笺①字字萦方寸。宿妆曾比杏腮红，忆人细把香英认。

赏评

　　柳枝新嫩，如笼罩着青烟，池塘南岸的雪已融化。春风徐来，渐渐有了花开的消息。什么时候花开，什么时候花谢，蝴蝶应该很清楚。什么时候春来，什么时候春去，黄莺也可以解答。梦中情景还存有疑惑，心上所期许之人真的要来了吗？书信上的每个字都萦绕在心头。我脸上的残妆曾比杏花还要红。我一直思念着他，而如今只能把芳香的花朵看得清清楚楚，以解思念之情。这首词写闺中相思。

---

① 云笺：带有云纹的彩笺，信笺。

又

　　宿雨收尘，朝霞破暝，风光暗许花期定。玉人呵手试妆时，粉香帘幕阴阴静。　　斜雁朱弦，孤鸾绿镜，伤春误了寻芳兴①。去年今日杏墙西，啼莺唤得闲愁醒。

赏评

　　夜里一场细雨洗去了尘埃，清晨灿烂的朝霞驱散了幽暗。春天要到了，暗暗地定下了花开的时间。佳人起床后，呵呵手，描眉化妆。粉色带香的帘幕低垂，屋里灰暗安静。那斜雁孤筝闲置，孤鸾铜镜静立，因伤春之情而耽误了赏花的兴致。去年这个时候，红杏枝头过了墙西，那一声声黄莺的啼叫，唤醒了我沉溺于"闲愁"之中的状态。这首词描写伤春与闲愁，语言风格上接近欧阳修的词。

----

① 寻芳兴：赏花游春的兴致。唐姚合《游阳河岸》："寻芳愁路尽，逢景恨人多。"

又

　　绿径穿花，红楼压水①，寻芳误到蓬莱地②。玉颜人是蕊珠仙，相逢展尽双蛾翠。　　梦草③闲眠，流觞④浅醉，一春总见瀛洲事。别来双燕又西飞，无端不寄相思字。

赏评

　　走过绿草小径，穿过繁花盛开的花圃，看到了临水的红楼，还以为踏春寻芳误到了蓬莱仙境。那楼中女子就是蕊珠宫中的仙子吧？相逢之际，她蛾眉舒展，面带微笑。饮酒后有了微微醉意，拿了怀梦草而安闲地睡着了。这整个春天呀，总觉得是在瀛洲仙岛上度过的。分别之际，燕子各奔东西，不知为什么，从未收到过带有相思之意的信笺。这是一首游仙之词。

---

① 压水：指临近水边。压，紧挨着，迫近。
② 蓬莱地：蓬莱仙岛，传说中的三神山之一。《史记·秦始皇本纪》："海中有三神山，名曰蓬莱、方丈、瀛洲。"
③ 梦草：传说中的仙草，怀之可以入梦，也称怀梦草。
④ 流觞：饮酒。用王羲之兰亭修禊曲水流觞的典故。

〔清〕 顾其言《康熙刺绣吹箫庆典图》（局部）

又

　　雪尽寒轻，月斜烟重，清欢犹记前时共。迎风朱户背灯开，拂檐花影侵帘动[①]。　　绣枕双鸳，香苞[②]翠凤，从来往事都如梦。伤心最是醉归时，眼前少个人人送。

 赏评

　　白雪化尽，寒意稍轻，明月微斜，晓烟渐重，依然记得往日共聚时的清雅恬适之乐。房门迎风而开，蜡烛熄灭了，花影摇动，拂过屋檐，窗帘也跟着动了起来。床上的绣枕绣着成对的鸳鸯，床席上编织着翠凤旗帜。从古至今，往事都如梦一般。最伤心的时候就是酒醉归去，眼前总少个人前来相送。同上首一样，此词也是游仙之词。

---

① "迎风"二句：化用《西厢记》中崔莺莺答张生诗："待月西厢下，迎风户半开。拂墙花影动，疑是玉人来。"
② 香苞：带有香气的床席。苞，席草。

满庭芳

南苑吹花，西楼题叶，故园欢事重重。凭阑秋思，闲记旧相逢。几处歌云梦雨，可怜便、流水西东。别来久，浅情未有，锦字系征鸿。　　年光还少味，开残槛菊，落尽溪桐。漫①留得，尊前淡月西风。此恨谁堪共说，清愁付、绿酒杯中。佳期在，归时待把，香袖看啼红。

赏评

南苑吹花嬉戏，西楼题叶传情，故园中有多少美好的往事呀。秋日里凭栏凝思，悠闲地回忆着旧时相聚的场景。多少次如梦幻般的欢娱，可惜最终却如流水般各奔东西。分别得太久了，也许情分浅薄了，不曾见归雁传递过书信。时光易逝，觉得少了些乐趣。槛外的菊花开残了，溪边的梧桐落尽了叶子。空留下一杯苦酒，伴随着淡月凄风。这离别之恨又能与谁诉说呢？且把这一腔清愁，付与美酒之中吧。只盼着佳期来临时，一定要让归来的他仔细观看衣袖上的点点泪痕。这是一首忆旧怀人的词。清陈廷焯《词则·闲情集》："柔情蜜意。"

---

① 漫：空。

留春令

　　画屏天畔[1]，梦回依约[2]，十洲云水[3]。手捻红笺寄人书，写无限、伤春事。　　别浦高楼曾漫[4]倚，对江南千里。楼下分流水声中，有当日、凭高泪。

赏评

　　屏风上画着遥远的天边景色，梦醒后已记不清梦中事了，好像梦到了十洲的美丽风景。手里捻着红信笺，写上无限的伤春心事，寄给远方的相思之人。那座离别之时的高楼，自己已经倚遍了，好似看到了千里外的江南。楼下的流水哗哗地响个不停，好像当日自己凭高远望时流下的泪水，混入其中，不断地远去了。这是一首离别相思之词。

---

① 天畔：天边，天涯。
② 依约：模糊不清，依稀隐约。
③ 十洲云水：指仙岛上的风景。十洲，传说中的十座仙岛，分别是祖洲、瀛洲、玄洲、炎洲、长洲、元洲、流洲、生洲、凤麟洲、聚窟洲。云水，指风景、风光。
④ 漫：遍、全之意，引申为经常。

又

采莲舟上，夜来陡觉，十分秋意。懊恼寒花①暂时香，与情浅、人相似。　　玉蕊歌清招晚醉，恋小桥风细。水湿红裙酒初消，又记得、南溪事。

赏评

睡在采莲舟上，半夜里，陡然觉得有了十分的秋凉之意。令人懊恼的是，秋天的花纵有香味，也维持不了太久，就跟人与人之间的薄情相似。花蕊清香洁白，歌声清脆动听，引人夜里酒醉，还留恋着小桥上秋风细细。露水打湿了红裙子，酒意刚刚消散掉，又想起了南溪发生的大小事。这是一首秋日怀人之词。张草纫《二晏词笺注》："盖旧情难忘，触景生悲。"

---

① 寒花：秋冬时节的花朵。唐杜甫《薄游》："病叶多先坠，寒花只暂香。"

又

　　海棠风横，醉中吹落，香红强半①。小粉多情怨花飞，仔细把、残春看。　　一抹浓檀秋水畔，缕金衣新换。鹦鹉杯②深艳歌迟，更莫放③、人肠断。

 赏评

　　海棠盛开时节，春风狂乱，醉酒之中，瞧见花瓣飞落，超过了一半。歌女小粉十分多情，痛惜花落纷飞，认认真真地观赏着余留残花。她眉旁涂抹着檀色晕影，眼波盈盈，如秋水一般，新换了金缕衣。鹦鹉杯中斟满酒，艳歌声调舒缓漫长，千万别唱得令人悲伤断肠呀。这是一首伤春之词。

---

① 强半：大半。
② 鹦鹉杯：用形似鹦鹉的螺壳制成的酒杯。
③ 放：教，让。

风入松

　　柳阴庭院杏梢墙，依旧巫阳①。凤箫已远青楼在，水沈谁、复暖前香。临镜舞鸾离照，倚筝飞雁辞行。　　坠鞭②人意自凄凉，泪眼回肠。断云残雨当年事，到如今、几处难忘。两袖晓风花陌，一帘夜月兰堂。

赏评

　　柳荫浓密，遮盖着庭院，杏树枝梢伸过了院墙。依然在巫山之南，萧史弄玉已乘凤离去，他们所住的青楼依然在。只可惜沉香已无，炉不复暖。照镜梳妆时，见到鸾舞之姿而心生离恨。弹奏古筝时，看见排列如雁阵的筝柱想到了辞别远行。骑马人垂鞭静立，满是凄凉。泪眼婆娑，柔肠寸断。当年欢聚之事已如云散雨去，到如今还能记得多少？一人两袖风寒奔波于路途之中，一人帘下望月通宵未眠呀。这是一首忆旧怀人之词。

---

① 巫阳：巫山之阳，即巫山的南面。
② 坠鞭：指马鞭下垂。意思是说马儿不前行。

又

心心念念忆相逢，别恨谁浓。就中懊恼难拚处，是擘
钗、分钿匆匆。却似桃源路失，落花空记前踪。　　彩笺书
尽浣溪①红，深意难通。强欢觥酒图消遣，到醒来、愁闷还
重。若是初心未改，多应此意须同。

赏评

　　心心念念地盼着相逢这件事。对于离别，谁的怨恨更重
呢？其中的懊恼难以比较之处，全是因为擘钗分钿之时太匆忙
了。这就像失去了前往桃源的小路，在落花纷纷中，只能空想
先前之事啦。彩笺因为写信用完了，而浣花溪溪水依旧漂红。
这番真情实意难以相知相通。强带着笑颜，肆意醉酒只为了消
遣一番，只是酒醒之后，愁闷更加严重了。如果你对我初心未
改，也应有这样的愁苦吧。这首词描写别后情怀。俞陛云《唐
五代两宋词选释》："写别后情怀，通首一气呵成，若明珠走
盘，一丝萦曳。"

---

① 浣溪：浣花溪。唐薛涛取浣花溪溪水造纸，为深红彩笺，名浣花
笺，又名薛涛笺。

秋江晚艷

〔清〕 王武《花卉册》（局部）

清商怨

庭花香信①尚浅，最玉楼先暖②。梦觉春衾，江南依旧远。　　回纹锦字暗剪③，漫④寄与、也应归晚。要问相思，天涯犹自短。

赏评

庭院里的花，还没有一点儿开放的消息。而玉楼中的佳人已最先感觉到了春天的暖意。梦醒了，不觉春被单薄，只觉得到江南的路依旧那么遥远。学着那回文诗，暗暗地写好书信。寄给他却是徒劳，他照样不会早些归来。要问我对他的思念有多长，那到天涯的距离也要比之短呀。这首词描写了女子殷切的思念之情。清陈廷焯《词则·闲情集》："梦生于情，'依旧'二字中，一波三折。艳词至小山，全以情胜，后人好作淫亵语，又小山之罪人也。"

---

① 香信：花信，即花开的信息。
② 先暖：先得到春天的气息。
③ 暗剪：暗中裁剪，指编排文字，写成书信。
④ 漫：徒劳、白费。

秋蕊香

　　池苑清阴欲就①，还傍送春时候。眼中人去难欢偶，谁共一杯芳酒。　　朱阑碧砌皆如旧，记携手。有情不管别离久，情在相逢终有。

赏评

　　园中树木枝叶繁茂，即将遮阳成荫，已经临近送春之时。意中人离开了，再难欢聚。还有谁可以与我共饮一杯美酒呢？朱红色的栏杆、青碧的台阶，一切都如从前。记得携手同游之时曾说，有情就不担心别离长久。只要有情意在，终会有相逢之时。这是一首离别相思之词，表达了一种开朗乐观的态度，重点描写相逢的希望和信念。

――――――――――

① 就：完成。

又

　　歌彻郎君秋草，别恨远山眉小。无情莫把多情恼，第一归来须早。　　红尘自古长安道，故人少。相思不比相逢好，此别朱颜应老。

　　为郎君送行，离别的歌曲响彻了遍是秋草的大地。因离愁别恨，我额上如远山的双眉紧紧蹙在了一起，好像变得短小了。无情的你呀不要让多情的我增添烦恼，第一点要求便是早点归来。自古至今，前往长安的道上总是车尘滚滚，留下的故人更少了。相思可不比相逢好，此次分别，怕会使人变衰老呀。这是一首送别之词。

〔明〕 陈洪绶《花鸟精品册》（局部）

思远人

　　红叶黄花秋意晚，千里念行客。飞云过尽，归鸿无信，何处寄书得。　　泪弹不尽临窗滴，就砚旋研墨。渐写到别来，此情深处，红笺为无色。

赏评

　　红叶翻飞，菊花开遍，又是晚秋时节，我不禁想起了千里之外的游子。天边的云彩飘过，归来的大雁没带来任何信息，书信能寄往何处呢？我越想越伤心，泪流不止，滴到了窗台上，滴到了砚台里，就用它研墨写信吧。渐渐地写到了离别之后，情到深处，泪水更是难以止住，滴到了红色信笺上，竟然把纸色、字痕染褪了。这首词描写女子因相思泪流不止的情形。明卓人月《古今词统》："笔则一时无色，字则三岁不灭。"清陈廷焯《词则·闲情集》："就'泪''墨'二字，渲染成词，何等姿态。"唐圭璋《唐宋词简释》："此首调与题合。起韵谓对景怀人。次韵谓书不得寄，怀念愈切。换头承上，申言无处寄书而弹泪，虽弹泪而仍作书，用意极厚。滴泪研墨，真痴人痴事。末二句，不说己之悲哀，而言红笺都为无色，亦慧心妙语也。"

碧牡丹

翠袖疏纨扇，凉叶催归燕。一夜西风，几处伤高怀远。细菊枝头，开嫩香还遍。月痕依旧庭院。　　事何限，怅望秋意晚。离人鬓华将换。静忆天涯，路比此情犹短。试约①鸾笺，传素期良愿。南云应有新雁。

赏评

　　佳人已疏远了团扇，秋叶催促着燕子南归。一夜秋风吹来，多少登高远望之人均心生悲伤。嫩菊开放，散发着清淡的香气，遍布庭院之中。月光依然照着往日的院落。此事何时才有尽头？怅然发现晚秋又至。想象着离人早已青丝变华发了。静静地想着天涯尽头，这路比相思之情还要短呀。试着想把这思念诉诸笔端，寄给远方的人，希望他能知晓自己的心愿。料想南边天空的云层中应该有新飞来的大雁吧。这首词描写佳人感秋怀远。

---

① 约：准备、具有之意。

长相思

　　长相思，长相思。若问相思甚了期①，除非相见时。

　　长相思，长相思。欲把相思说似②谁，浅情人不知。

赏评

　　长相思啊，长相思，若问这相思何时才是尽头，除非到了相见之时。长相思啊，长相思，这相思之情说与谁听呢？薄情寡义之人是体会不到的。这首词题材与词牌相合，诉尽相思之情。清陈廷焯《白雨斋词话》："此亦小山集中别调，与其年赠别杨枝之作，笔墨相近。"

---

① 甚了期：何时才是了结的时候。
② 似：给予。

 醉落魄

　　满街斜月，垂鞭自唱阳关彻①。断尽柔肠思归切。都为人人，不许多时别。　　南桥昨夜风吹雪，短长亭下征尘歇。归时定有梅堪折。欲把离愁，细捻花枝说。

赏评

　　一钩弯月，照着大街小巷。驻马垂鞭，独自唱了一首《阳关曲》。这曲中哀婉之意令人柔肠寸断，回家的心思更加迫切。都是因为那个人，不允许离别太久。昨夜经过南桥时，北风卷起了狂雪。沿途经过诸多短亭长亭，一路风尘仆仆，驻足停歇。相信等到家时，一定有绽放的梅花可以攀折。欲把这番离愁情思，细捻着花枝与你诉说。这首词描写游子思归，诉说羁旅之愁。

———————————

① 彻：结束。

又

鸾孤月缺，两春①惆怅音尘绝。如今若负当时节。信道
欢缘，狂向衣襟结。　　　若问相思何处歇，相逢便是相思
彻。尽饶②别后留心别③。也待相逢，细把相思说。

赏评

　　鸾已孤，月已缺，两年时光匆匆而过，惆怅之处是音信全
无。如今我会辜负了当年的情意吗？当初我可认定了这是好姻
缘，早已把深情萦系于胸怀。如果问相思之情何时停止，那么
相逢之期便是相思之情结束时。尽管离别后你心有所恋，我也
要等到相逢之时，细细地把我对你的思念之情诉说一番。这是
一首离别相思之词。张草纫《二晏词笺注》："'尽饶'二句谓
尽管你已别有所恋，我也要在相逢时对你倾诉相思之情。叔原
之情痴，于此可见。"

---

① 两春：两度经春，即经过了两年。
② 尽饶：尽管。
③ 留心别：指别有所恋。

又

　　天教命薄，青楼占得声名恶。对酒当①歌寻思著。月户星窗，多少旧期约。　　相逢细语初心错，两行红泪尊前落。霞觞且共深深酌。恼乱②春宵，翠被都闲却。

赏评

　　上天让自己太命薄，沾染了青楼的恶名声。每逢对酒当歌之际，心中暗暗寻思。月光入户、星辉临窗时，错过了多少个佳期呢？盼着与君相逢之时，低声细语地诉说知心话。那时节，两行沾染着红粉的泪水一定会滑落在酒杯前。举起这如云霞般美丽的酒杯，且一同痛饮吧。如今这春宵之际，心绪烦乱，那锦衾翠被闲置在了床头，难以入眠。这首词描写歌女对自己命运的自叹。夏敬观批语："以为恶者，怨辞也。"

---

① 当：当面，面对。
② 恼乱：心绪烦乱。唐白居易《和微之十七与君别及陇月花枝之咏》："别时十七今头白，恼乱君心三十年。"

又

　　休休莫莫①，离多还是因缘恶。有情无奈思量著。月夜佳期，近写青笺②约。　　心心口口③长恨昨，分飞容易当时错。后期休似前欢薄。买断青楼，莫放春闲却。

赏评

　　罢了，罢了，离多聚少还是因为缘分没到。可是心中有情，依旧无可奈何地想着他。月夜之下，通过书信约定了相会佳期。心中口中都恨着昨日离别之事。分手太容易，当时肯定错了。今后可不能像之前那样薄情。花钱从青楼中赎身，再不让青春年华等闲度过了。这首词写离别相思。张草纫《二晏词笺注》："此词以妓女的口吻叙述。将离多归咎于'因缘恶'，实是怨恨之词。"

---

① 休休莫莫：自我劝阻之词。罢了，罢了。即休烦恼莫悲伤之意。
② 青笺：书信。
③ 心心口口：心中所想，口中所说，即一心一意。

〔清〕佚名《雍亲王题书堂深居图屏·烘炉观雪》（局部）

望仙楼

小春①花信日边来，未上江楼先坼。今岁东君消息，还自南枝得。　　素衣染尽天香，玉酒添成国色②。一自故溪③疏隔，肠断长相忆。

 赏评

　　农历十月，花信风从东方吹来，还未吹上江楼，先吹开了花朵。今年春天的消息，依旧从朝南向阳的树枝上得到。洁白的衣衫上沾染着花香，美酒中倒映着花姿花色。一旦远离故乡，山水相隔，唯有相思断肠，令人长相回忆。这是一首盼春之词，词中透着思乡之愁。

---

① 小春：农历十月的别称。《荆楚岁时记》："十月，天气和暖似春，故曰小春。"
② "素衣"二句：比喻春天到来时，百花盛开的景象。"天香"与"国色"，均形容牡丹，此处代表各种花卉。
③ 故溪：故乡的溪水。代指故乡。

凤孤飞

　　一曲画楼钟动，宛转歌声缓。绮席飞尘满，更少待、金蕉①暖。　　细雨轻寒今夜短，依前是、粉墙别馆。端的欢期应未晚，奈归云难管。

赏评

　　画楼上钟声响了，那一曲婉转的歌声也渐渐停了。那绡绮铺就的床席上落满了飞尘。再稍等片刻，金蕉叶就会因燃香而暖。外面细雨纷纷，夜色微寒，今宵更觉短暂，依旧是居住在粉墙别馆内。真的是欢乐时光，觉得还不是特别晚，奈何归家的人是管不得的。这首词描写驿馆思归。

---

① 金蕉：铜铸的蕉叶形器物，此处指供焚香之用的器物。

西江月

愁黛颦成月浅，啼妆印得花残。只消鸳枕夜来闲，晓镜心情便懒。　　醉帽檐头风细，征衫袖口香寒。绿江春水寄书难，携手佳期又晚。

赏评

愁眉紧蹙，犹如浅淡弯月。啼痕妆成，好似红花已残。只要是夜间枕着鸳鸯枕独宿孤眠，次日清晨临镜，心情必定更加慵懒。微风吹着醉酒之人的帽檐，征衣的袖口透着的香气也已消失。这一江春水难以寄送书信，携手相聚之日又要推迟了。这首词描写离别相思，上片写女方，下片写男方。

又

南苑垂鞭路冷，西楼把袂人稀。庭花犹有鬓边枝，且插残红自醉。　　画幕凉催燕去，香屏晓放云归。依前青枕梦回[①]时，试问闲愁有几。

　　垂鞭停马，南苑的小路上已觉冷意；携手而立，西楼望远人烟稀少。庭花好似鬓边戴过的花枝，且插上一枝残花以自我陶醉。华丽的窗帘挂上了，凉意已催促着燕子离去；天色已晓，屏风上的彩云看得清晰了，好似被释放归来。依旧是往日的香枕，梦醒之时，不妨估量一下心中的闲愁有多少吧。这首词描写离别相思。张草纫《二晏词笺注》："此词亦为西楼歌女而作。"

---

① 梦回：梦醒。

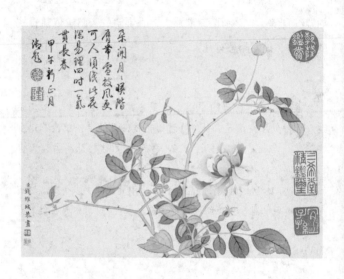

〔清〕 钱维城《山水花鸟册》（局部）

武陵春

绿蕙红兰芳信歇，金蕊正风流。应为诗人多怨秋，花意与消愁。　梁王苑①路香英②密，长记旧嬉游。曾看飞琼③戴满头，浮动舞梁州④。

赏评

蕙、兰等各种花卉已经开过了，此时正是菊花盛开的季节。应该是因为诗人多怨秋，花意只为了消愁。梁王苑圃里的菊花开得茂密，一直记得曾在此嬉戏游玩。曾看到飞琼的发髻上插满了菊花，在《凉州曲》的伴奏之下翩翩起舞。这首词通过描写菊花，抒发出作者愁苦孤寂的心情。

---

① 梁王苑：园林名，又称"梁苑""兔园"，西汉梁孝王刘武修筑。
　　故址在今河南省开封市东南。此处泛指园林。
② 香英：这里指菊花。
③ 飞琼：仙女之名。此处指歌女。
④ 梁州：乐曲名，即《凉州曲》。

又

　　九日黄花如有意，依旧满珍丛。谁似龙山秋兴浓，吹帽落西风。　　年年岁岁登高节，欢事旋成空。几处佳人此会同，今在泪痕中。

 赏评

　　九月九日重阳佳节，菊花好似有意助兴，不畏秋寒依然开得密密丛丛。谁似龙山之上秋意游兴之趣浓厚的人们，被秋风吹落了帽子。年年岁岁都登高过节，然而欢乐之事转瞬成空。其他地方的佳人也能体会到此中之意，如今尚在抛洒眼泪。这首词描写重阳佳节登高怀远。

又

　　烟柳长堤知几曲，一曲一魂消。秋水无情天共遥，愁送木兰桡。　　熏香绣被心情懒，期信①转迢迢。记得来时倚画桥，红泪满鲛绡②。

赏评

　　长堤上种满如烟翠柳，你可知它有多少弯？这一弯一曲都令人魂消呀。堤内秋水好似无情，一直通向了遥远的天边。也就是在这里，眼看着木兰扁舟远去而生愁。盖着熏过香的绣被，心情慵懒犯愁，相约之期遥遥无望啊。还记得送行时，倚在桥头，把一条鲛绡手帕都哭湿了。这是一首怀人之词。

---

① 期信：相约之期。
② 鲛绡：手帕。

解佩令

玉阶秋感，年华暗去。掩深宫、团扇无绪。记得当时，自剪下、机中轻素。点丹青、画成秦女。　　凉襟犹在，朱弦未改，忍霜纨、飘零何处。自古悲凉，是情事、轻如云雨。倚幺弦、恨长难诉。

　　站在石阶上，已感到秋意，这时光正在悄悄流走。宫门紧闭，面对着已用不到的团扇，心绪低沉。曾记得当时，亲手剪下织布机上的素纨，制成团扇，画上秦女之像。夏衣还未收起，朱弦没有改变，怎忍心让被弃的团扇到处飘零呢？自古最令人心伤悲凉的，就是人的感情，轻如云雨，来去无踪。弹着幺弦，恨这心中的哀怨难以诉说。这首词描写弃妇，刻画其被遗弃的悲哀。

行香子

晚绿寒红，芳意匆匆。惜年华、今与谁同。碧云零落，数字征鸿。看①渚莲凋，宫扇旧，怨秋风。　　流波坠叶②，佳期何在。想天教、离恨无穷。试将前事，闲倚梧桐③。有消魂处，明月夜，粉屏空④。

赏评

晚秋时节，绿叶红花即将凋谢。花开花谢，时光匆匆。年华逝去，如今谁能陪在自己身边？碧空白云，零散地飘动着；飞鸿成阵，排成了字形。看呀，池塘里莲花凋谢了，宫扇破旧了，不禁怨起了秋风。流水能带走题诗的红叶，但相逢的佳期何在呢？想想上天吧，让人的离别愁恨无穷无尽。试着把前尘往事，闲寄于这琴弦之中。明月当空，素白的屏风上空空如也，不禁令人惆怅。这首词是晏几道晚年的忆旧伤怀之作。清先著、程洪《词洁》："亦不为极工，然不可废此，即词之规模。"

---

① 看：引领后面三个三字短句，为《行香子》词牌的格律规定。
② 流波坠叶：暗用"红叶题诗"的典故。
③ 倚梧桐：指弹琴。古代制琴多用梧桐木，故以此指琴。
④ 粉屏空：指屏风洁白，空无一物。

庆春时

　　倚天楼殿，升平风月，彩仗春移。鸾丝凤竹，长生调里，迎得翠舆归。　　雕鞍游罢，何处还有心期。浓熏翠被，深①停画烛，人约月西时②。

① 深：久，时间长。
② 月西时：月亮偏西之时，即后半夜。

又

　　梅梢已有，春来音信，风意犹寒。南楼暮雪，无人共赏，闲却玉阑干。　　殷勤今夜，凉月还似眉弯。尊前为把，桃根丽曲，重倚四弦①看。

赏评

　　梅梢花苞萌动，已有春天的消息，可风中犹带寒意。南楼雪景融于暮色之中，已无人同赏，白白闲却了玉栏杆。今夜热情无比，一弯新月弯如眉黛。酒宴之上，为把桃根、桃叶二人演唱的歌曲表演好，倚着琵琶细细看。这首词描写了早春的景象，以及人们盼春、待春的心情。

---

① 四弦：指琵琶。唐白居易《琵琶行》："曲终收拨当心画，四弦一声如裂帛。"

〔明〕 陈洪绶《梅石图》（局部）

喜团圆

　　危楼静锁，窗中远岫，门外垂杨。珠帘不禁春风度，解①偷送馀香。　　眠思梦想，不如双燕，得到兰房。别来只是，凭高泪眼，感旧离肠。

赏评

　　高楼的门户静静锁着，窗中能看到远山和门前的垂柳白杨。珠帘低垂，挡不住春风吹入，偷偷地把浓郁的花香送来。睡前思索着，梦里也想着，真的不如双飞的燕子，还能筑巢于兰房的屋檐下。自从别后，只有凭高望远，泪眼迷蒙，伤感离愁而已。这是一首离别相思之词。

―――――――――――

① 解：了解，知道。

忆闷令

　　取次①临鸾匀画浅，酒醒迟来晚。多情爱惹闲愁，长黛眉低敛。　　月底相逢花下见，有深深良愿。愿期信②、似月如花，须更教长远。

 赏评

　　随便照着鸾镜，把脸上的脂粉抹匀揉淡。酒醒之后已然晚了。自古多情之人容易惹来闲愁，常让眉黛紧蹙低垂着。几时盼得月色之下相逢，花丛之下相见，到时一定要对上天许下深深的好愿望。唯愿对方能够如期守信，使得花好月圆，让这良辰美景更长远些。这是一首描写思妇的词，刻画了她的状态及心愿。

---

① 取次：任意，随便。
② 期信：如期守信不负所约。

梁州令

莫唱阳关曲，泪湿当年金缕。离歌自古最消魂，闻歌更在魂消处①。　　南楼杨柳多情绪，不系行人住。人情②却似飞絮，悠扬便逐春风去。

赏评

不要唱哀伤的《阳关曲》，当年身穿的金缕衣都被泪水打湿了。这离别之歌自古最让人悲愁，而听歌的人更是惆怅不已。南楼外杨柳枝最多情，却系不住远行之人。那人的感情呀，就像这飞絮一般轻薄，飘飘扬扬地追逐着春风远去了。这首词描写思妇，抒写了离别相思中较为细腻的思想情绪。

---

① 处：作"时"字解。
② 人情：某些人的感情。

燕归梁

莲叶雨，蓼花风，秋恨几枝红。远烟收尽水溶溶，飞雁碧云中。　　衷肠事，鱼笺①字，情绪年年相似。凭高双袖晚寒浓，人在月桥东。

赏评

莲叶擎雨，蓼花迎风，秋恨寄付在那几枝红花之上。远处轻烟弥漫，笼罩着碧波荡漾的水面。征雁结队南飞，翱翔于碧空白云之中。这满腹的心事，化为鱼笺上的字词，而这心情一年年都很相似。登高望远，双袖间的寒意随着夜色加深愈加浓烈。人站在桥上，东方的月亮已经升起来了。这首词为怀人之作，上片写景，下片抒情怀人。张草纫《二晏词笺注》："此词可能为思念同在南湖采莲之歌女而作，此时该女已与叔原分手，而叔原犹未能忘情。"

---

① 鱼笺：一种名贵的纸，因制作原料中添加鱼卵而得名。

〔清〕 郎世宁《仙萼长春图册之鸡冠花图》（局部）